KB019841

이제는 맞지 않는 구두

이제는 맞지 않는 구두

경경민 지음

알비

Prologue

우리는 특별한 사람이었다가 아무것도 아닌 사람이 되고, 아무것도 아닌 사람이었다가 특별한 사람이 된다. 나를 특별한 사람처럼 봐주었던 이가, 나를 아무것도 아닌 사람으로 만드는 날이 오기도 하고, 나를 아무것도 아닌 사람으로 보았던 이가, 나를 특별한 사람으로 봐주는 날이 오기도 한다. 이러한 삶의 루트를 그대로 받아들이면 되는데, '아무것도 아닌 사람'이 됐을 때 오래 머문다. 그리고 초라함으로 향하는 지름길을 걷는다.

빛이 들어오는 아침과 낮은, 순간마다 떠오르는 부재들을 달랠 시간 없이 바쁘다. 그렇게 '괜찮구나' 이따금의 위로를 한다. 그러다 밤이 된다. 그리고 새벽이 된다. 제대로 추슬러지지 않은 마음은, 대체로 새벽을 엉망으로 만든다.

새벽이 엉망임을 인지했다는 건, 쉽게 잠이 들지 못했다는 다른 해석이다. 쉽게 잠이 들지 못했다는 건, 생각이 많았다는 또 다른 해석이며, 생각이 많았다는 건, 잊는 중이었다는 또 다른 해석이다.

재촉한 만큼 잊히면 좀 좋을까? 그러나 예민하기가 이루 말할 수 없는 '부재를 향한 진심'이라는 녀석은, 재촉할수록 날뛰었다. 실은 가만히 놔둬도 힘들다. 그러니 방법은 없다. 오래 머물겠다, 는 부재를 기다려주는 수밖에. 쉬어 가는 수밖에.

하나의 희망을 적자면, 쉬어가니 생각이 적어졌고, 생각이 적어지니 쉽게 잠이 들었고, 쉽게 잠이 드니 눈 뜬 새벽은 이제 없었다는 것이다.

하나의 바람이 있다면, 당신의 긴 여정은 잊는 것보다 잘 사는 것에 더 많은 시선이 향하기를 바란다.

2019년 2월

예상 밖의 함박눈을 맞이한 날에

경경민

Contents

03_ 과거라는 아쉬움

04_ 현재라는 고마움

01_

우리라는 외로움

같은 시간을 공유했던 우리에게
내가 있던 자리와 네가 있던 자리는
끝내 달랐다.

로그아웃

클라우드 사진첩을 열어 추억을 되짚어보다 멈칫했다. 자동으로 저장되는 사진첩이라는 것을 깜빡했다.
친구는 내 모습을 보며, 지나간 것에 대해 많은 생각을 하지 말라고 했다. 그러나 자연스레 떠오르는 것을 막을 힘이 내게는 없었다.

생각해보면 그때는 모든 상황이 이별을 예고했다. 더위가 오기 시작하면서부터 자주 아팠던 것도, 살이 많이 빠진 것도. 이별을 맞아서야 몸이고 마음이고 '아프구나'를 알았다.

"너 아픈 거, 나 때문 같아."
"무슨 소리야. 아니야. 내가 요새 바빠서, 너무 바빠서."

자주 아팠던 내게 그가 했던 말이다. 그때는 몰랐지만, 친구의 말처럼 내가 아픈 이유 중 하나는 그였다.

2주에 한 번씩은 고열로 힘들었던 날들, 다 필요 없고 그가 와주길 바랐던 날들, 뼈가 으스러지도록 한 번만 안아주길 바랐던 날들, 정말 그거면 충분했던 날들이었다.

'잘살고 있겠지.'

안부조차 물을 수 없는, 인생에서 가장 가까웠던 사람, 인생에서 가장 빛났던 사람, 인생에서 가장 많이 괴롭혔던 사람.

영원히 놓지 못할 거로 생각했던, 너무도 사랑했던 첫 연애였다. 이제는 얼굴도 목소리도 기억나지 않지만, 클라우드에 보란 듯이 떠버린 사진 한 장이었다. 모든 시간을 부정하려 지운 사진들 속에서도 차마 지우지 못했던 사진이었다.

당시 그의 단짝 친구가 했던 말이 떠올랐다.

"아니다 싶으면 과감하게 헤어져."

아니다 싶었지만 소심해서 과감하게 버리지 못했던 관계를 그렇게 접었다. 클라우드 계정 로그아웃.

그건
나를 위한 일이었다

여름이라 착각할 정도로 더웠던 봄날에 지인을 만났다. 이렇게 더운 날에는 몸보신해야 한다며, 그가 끌고 간 곳은 '닭 한 마리' 가게였다. 나온 음식을 멍하니 바라보자, 그는 닭다리 하나를 접시 위에 담아주며 물었다.

"너는 왜? 네가 착하지 않다고 확신해?"

어려운 질문이었다. 장난으로 대답할까, 속마음을 얘기할까, 고민했다. 속마음을 얘기할 기회는 자주오지 않기에 후자를 택했다.

"남을 위해서 착하게 살고 있다고 생각했는데, 어쩌면 그게 다 나를 위한 것 같다는 생각이 들어서요."

길지 않은 답변을 하는데, 코끝이 찡했다. 허겁지겁 접시 위에 올라와 있는 닭다리를 뜯었다. 고개를 숙이기에 좋았다. 그는 어떤 말인지 알 것 같다며 고개를 끄덕였고, '누구나 그렇게 살아'라는 한 마디를 덧붙였다. 그리고 내게 찾아든 침묵을 기다려줬다. 누군가 해줄 수 있는 최고의 위로였다.

불현듯 그 사람 생각이 났다. 그 사람을 야속하게 생각했었다. 건넨 위로를 받아들이지 않는 모습을 미워했었다.

'나는 너를 위한 배려를 하고 있는데…'
'나는 너를 위한 희생을 하고 있는데…'

이런 마음을 몰라주는 그 사람에게 서운했지만, 한편으로는 들키고 싶지 않았다. 들키면 시원하다기보다 한없이 작아지기만 했던 기분, 그래서 그냥 믿었다. 언젠가는 알아주겠거니, 하면서.

거절당하고 나서야 알았다. 끝내 거절당한 마음은 착한 것이 아니었다. 그 사람을 위한 일이 아니었다.

뒤늦은 깨달음은 외로움만을 남겼다. 상대를 위한 배려라고 건넨 말과 손이, 결국엔 내가 받고자 하는 말과 손이었구나, 라는 것을. 정작 상대가 원하는 말과 손은 내가 건넨 것이 아니었을 수도 있다. 어쩌면 내 마음 편해지자고 던진 강요들일 뿐이었다.

그건 나를 위한 일이었다.

사랑한다는 말

소중하다고 생각해서 함부로 입 밖에 내뱉지 않던 말 하나가 있다. 그건 '사랑한다'는 말이다.

친구에게, 가족에게, 함께 일 하면서 친해진 사람에게는 심심찮게 쓰던 표현이었지만, 유독, 한 명의 여자로서는 한 번도 쓰지 않던 말이다. 언젠가 나보다 더 소중한 사람이 생기면 전하겠다고 아꼈던 말.

"사랑해요."

생각하니, 처음으로 그 말을 던졌던 날은, 특별한 날도 대단한 날도 아니었다. 그냥 흘러가는 날 중 하루였다. 모든 시간과 계절과 물건 그러니까, 모든 것이 그 사람이었던 날 중 하루였다.

오래 아껴둔 말이라 근사하게 써먹을 줄 알았는데, 마음의

소리가 이렇게나 무서웠다.

사랑한다는 말을 들었을 때 그 사람의 표정은 아리송했다. 아식노 그 표정의 의미를 알지 못한다. 다만, 내가 조금 슬펐었다는 건 기억한다. 이번에도 혼자 빨랐다는 생각에, 그 사람이 그 표현을 다 받아들이지 못했다는 생각에.

바람이 여러 차례 불어왔고 초침이 몇 바퀴 돌아가는 동안, 써 버린 후로 의미를 감춰버린 '사랑한다'는 말과 그 말을 들은 사람의 부재만이 남았다.

갑자기
끝나버린

"어디가 문제인가요?"
"휴대폰을 보고 있었는데 갑자기 꺼졌다가 다시 안 켜져요."

고장 난 휴대폰을 고치기 위해 서비스센터에 방문했다. AS기사는 고개를 잠시 갸우뚱하더니 휴대폰을 받아들었다. AS기사 손으로 넘어간 휴대폰은 하나씩 분리되기 시작했다.

생각보다 오래 걸렸다. AS기사는 이런저런 도구들을 이용해 꺼져버린 기억을 살리려고 노력하는 듯 보였다. 그러나 시간이 지날수록 바뀌는 건, 빨라지는 AS기사의 손놀림과 얼굴에 가득한 그늘이었다. 그 모습을 보고 '못 고칠 수도 있겠구나.' 생각했다.

"못 고칠까요?"

"네. 어렵겠네요."
"원인이 뭐예요? 1년밖에 안 썼는데.."
"이런 경우는 휴대폰에 맞지 않은 충전기를 썼을 확률이 높아요. 원래 줘야 하는 전압보다 높은 전압이 휴대폰을 자극했을 거예요."

고장 난 휴대폰은 처음 AS기사에게 건넸던 상태 그대로 돌아왔다. 그 안에만 저장되었던 그때의 추억들은 그렇게 사라졌다. 사실상 지워져도 상관없는 기억들이긴 했다. 메모리 대부분을 차지하고 있던 건, 그와의 시간, 휴대폰이 고장 나지 않았으면 직접 지워야 했을지도 모르는 시간, 직접 지우기 싫었던 것들이 알아서 지워졌다. 아쉽지만 다행이었다.

집으로 돌아오는 차 안, 메시지가 도착했다.

"부득이하게 서비스가 처리되지 못했습니다. 감사합니다."

모든 과정이 우리와 닮았다. 갑자기 끝나버린 것도, 다시 사랑이 되지 않는 것도, 무엇보다 애초에 맞는 마음을 쓰지 않은 것도.

버스가
싫어

"버스가 간다. 난 버스가 싫어."
"버스는 아무 잘못이 없어."
"그래도 싫어."

지나가는 버스를 보며 친구가 말했다. 친구는 영원한 사랑이라 믿었던 사람과 버스 정류장에서 이별을 맞았다. 그 후로 버스를 볼 때마다 입버릇처럼 하는 말, '난 버스가 싫어.' 버스가 싫어서가 아니라 이별 장소였기 때문임을 나는 알았다.

"버스가 올 때까지만"
"그래그래…."

그녀는 버스를 기다리는 내내 아무 소리도 듣지 못했다고 했다. 아무것도 보이지 않았다고 했다. 오지 않았으면 했던 버스는 평소보다 빠른 속도로 그녀에게 다가왔다. 인정하지 않겠다고 고개를 숙였으나, 말없이 옆에 서 있던 그의 손이 그녀의 어깨를 감쌌다.

'이별이야'

숨죽인 터치는 그가 그녀에게 한 번 더 고하는 이별이었다. 고개를 숙인 그녀의 눈에서 눈물이 쏟아졌다.

"어떡해"

그녀의 눈물에도 불구하고 그는 작은 흔들림조차 없었다. 마지막 잎새처럼 나뭇가지에 힘겹게 붙어있던 잎새도, 즐거워하는 아이의 손에 들려있던 솜사탕도, 커피숍에 앉아 이야기하는 한 여자의 귀에 걸려있던 귀걸이도. 세상 모든 것이 흔들리고 있었지만, 그만은 굳건했다. 그 모습을 보고 더는 그를 잡지 못했다. 더는 어떤 말도 하지 못했다.

그녀는 버스를 타고 그를 지나쳤고, 그는 버스를 탄 그녀를 지나쳤다. 서로가 지나친 자리에 남은 건 텅 빈 마음뿐이었다.

언젠가
설명이 필요한 밤

고개를 들어 오른쪽 전광판을 봤다. 지하철은 전 전역인 서울역에 있었다. '4분만 기다리면 되겠네.' 지하철이 정차하고 있는 곳을 확인하고 고개를 숙이는데, 주저앉아 크고 작은 숨을 내뱉고 있는 여자가 보였다. '울고 있나?'

시선을 느꼈는지 여자는 자리에서 일어섰다. '울었네', 울었다. 침착한 모습을 유지하려고 안간힘을 쓰고 있는 여자가 자꾸 신경이 쓰였다.

아팠던 날이었고 그런데도 그가 보고 싶은 날이었다. 그가 올 리 없었다. 처진 몸뚱어리를 이끌고 가야 했던 날이었다. 보고 싶은 사람이 움직이는 일은 당연했다.

그날은 동네 삼계탕집에 가서 반계탕을 시켰던 날이었고, 별말이 없자 그가 짜증을 냈던 날이었다. 반계탕을 다 먹고 나니 갑자기 비가 거칠게 쏟아졌었다. 처음 보는 그의 친구를 뜻밖에 만난 날이었고, 거친 빗속 홍대입구역 앞에 홀로 떨궈진 날이었다.

그랬다. 홍대입구역이었고, 승강장 '5-3' 위치에서 무너졌다. 주저앉아 있을 때 눈에 보였던 건 '5-3'. 아무것도 들리지도 보이지도 않았다. 그저 '5-3'이라는 숫자뿐이었다. 친구에게 전화를 걸며 겨우 정신을 붙잡던 날이었다.

저 여자의 사연은 무엇일까? 왜 주저앉아 울고 있을까? 그때 남들이 날 보았던 모습은, 저 여자를 보는 모습과 같았을까? 저 여자의 기분은 그때의 나와 같을까?

'그 기분을 과연 너는 알까?'

누구에게
누구로부터

조카는 친구로부터 편지를 받았다며 거실을 뛰어다녔다.

"그렇게 좋아? 친구가 뭐라고 썼는데?"
"티!오…. 근데 이모! 얘가 여기에 '티오'라고 썼는데, 이건 무슨 뜻이야?"
"'~에게'라는 뜻이야."

조카가 내민 편지 속 첫 줄에 적혀있던 글자는 'To'였다. 단어의 의미를 알게 된 조카는 답장을 쓰겠다며 방으로 들어갔다. 자신도 'To'를 쓰겠다고 말했다. 설레하는 모습이 귀여웠다.

"편지는 저런 기분으로 써야 하는데…."

조카의 모습을 보며 뱉은 말에 언니는 물었다.

"편지 쓰고 싶은 사람 있어?"
"음…. 글쎄."
"그럼 편지 받고 싶은 사람은?"
"그것도 글쎄."

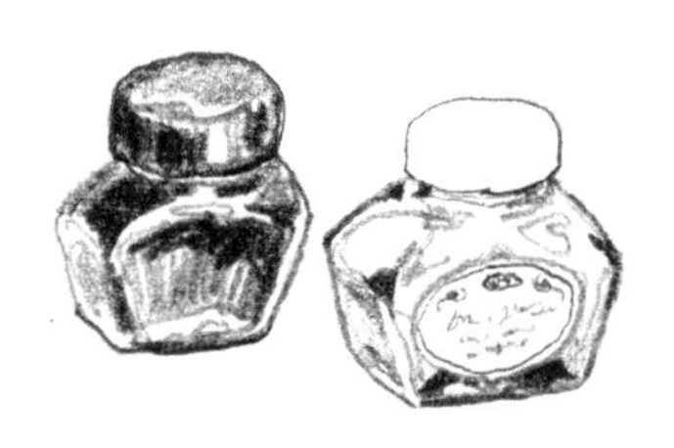

대답하지는 않았지만 그런 사람은 있었다. '편지 쓰고 싶은 사람'과 '편지 받고 싶은 사람', 두 사람은 같은 사람이었다.

그를 만나면서 생긴 버릇이 있다. 매일 무언가를 썼다가 지우기를 반복하는 것인데 내용은 같았다. 쓰고 담아둔 문장은 단어의 차이일 뿐 같은 의미였다. 향하는 'To'가 같기 때문일까?
문득, 그가 담고 있는 문장들이 향하는 'To'는 누구일까? 궁금해졌다. 어쨌거나 그게 나는 아닐 것, 이라는 확신과 함께.

'덜컥' 방문이 열리고, 조카가 얼굴을 내밀며 물었다.

"이모! 그럼 'From'은 편지 쓴 사람 이름 적는 거네?"
"응"

그런데 그가 받는 편지 'From'의 대부분은 나겠구나, 라는 생각이 들었다.

울적하다
웃는 것이 어때서

비가 오는 날이었다. 미세먼지가 다 쓸려가기를 바랐으나 춥기만 했던 날이었다. 비가 오면 기분이 쓸쓸했다. 비 때문에 나무들이 젖어가고, 건물들도 젖어가고, 하늘도 젖어가고, 땅도 젖어가고, 나도 젖고는 했다.

모든 것이 젖어가고 있을 무렵, 친구에게 전화가 왔다.

카페에 앉아 서로의 일상을 얘기하고, 요즘에 관해 얘기하고, 서로의 상대에 관해 얘기했다.

"이상한 나라에 와 있는 기분이야. 불과 1시간 전의 기분과 지금의 기분이 너무 달라. 비정상인가?"
"정상이야"
"그럼 30분 전의 기분과 지금의 기분이 달라도?"
"정상이지"
"그럼 5분 전은?"

"물론 정상, 그럴 수 있지. 그런데 왜 자꾸 그런 걸 물어?"
"정상이라는 소리 듣고 싶어서"

누군가 그랬다. 사랑하면 롤러코스터를 타는 기분이라고. 하늘에 가까웠다가 땅에 가까워지는 것을 반복하는 것이라고. 기분을 조절할 수 있다면 참 좋겠지만, 그게 쉽지 않았다.

감정조절 장애, 그녀가 겪고 있던 장애였다. 마음과 다르게 나오는 공격적인 말투와 표정, 쉽게 내려놓지 못하는 상대에 대한 욕심 등이 섞여 생긴 장애였다. 그녀는 그녀의 사람과 함께이면서도 외로워했다. 그녀에게 건네고 싶은 말이 목 끝까지 차올랐으나 전하지 못했다. 한마디만 했다.

"정상이야"

날씨에 따라서, 마주하는 이에 따라서, 듣는 음악에 따라서, 걷는 걸음에 따라서, 계절에 따라서, 바뀌는 것이 마음이고 기분이다.

울적하다 웃는 것이 어때서, 웃다가 울적하면 또 어때서, 피해 보는 이만 없다면 바뀌는 기분은 그냥 상황일 뿐이었다.

다 정상이다.

파란색
안개꽃

꽃 한 송이에도 사랑이 느껴지는 봄날이지만, 그녀의 마음은 겨울이었다. 그녀는 3년의 연애 동안, 꽃 선물을 받아보지 못했다며 한탄했다.

"어렵냐고. 어? 꽃 한 송이 주는 게 어렵냐고. 저기 봐. 죄다 손에 꽃 있잖아."

뭐 눈에는 뭐만 보인다고 그녀 눈에는 꽃이 들려있는 사람들만 보였나 보다. 그녀의 한숨은 깊어만 갔다.

"너 여기 잠깐만 있어 봐!"

비어있는 그녀 마음을 채울 수는 없겠지만, 빈손으로 보내기 싫었다. 근처 꽃집에 들러 어떤 꽃을 전해줄까 고민하다가, 눈에 띄는 꽃을 발견했다. 파란색 안개꽃이었다. 더 이상의 고민이 필요 없었다. 재빨리 그것을 집어 들고나왔다.

"자! 꽃이다! 물론 내게 받고 싶은 건 아니겠지만, 조금이라도 기분 풀라고."
"고마워. 근데 신기하다. 안개꽃이 파란색이네?"
"응. 이 꽃 보면 괜스레 기분이 좋더라고."

그녀가 꽃을 들고 이리저리 사진을 남기는 동안, 그에게 받았던 파란색 안개꽃이 떠올랐다. 내게 파란색 안개꽃이란, 이성에게 '처음' 받았던 꽃이자, 애인이라 부를 수 있는 사람에게 '처음' 받았던 꽃이었다. 그가 수줍게 건넸던 파란 안개꽃이 그렇게 사랑 같을 수 없었다.

그 이후부터 내 인생의 부적 같은 존재가 되었다. 파란색 안개꽃은.

긴장감과 어색함, 분노와 증오, 질투와 오해, 그런 부정적인 단어들이 그와 나를 오갈 때마다 꽃을 요구했다. 마음이 안정되리라 믿었다. 마음만 안정되면 불필요한 관계의 오류도 안정되리라 믿었다. 그러나 마음의 안정 대신, 애지중지하던 파란색 안개꽃을 정리해야 하는 상황이 생겼다. 더는 그를 볼 수 없다는 얘기였다.

그의 생각에 잠겨있을 무렵, 그녀가 말했다.

"꺄! 이거 봐!"
"뭔데?"

그녀가 내게 보여준 건 초록색 검색창, 거기에는 '파란색 안개꽃 꽃말'이 적혀 있었다.

'영원한 사랑'

미안하다는 말

미안하다는 말이 듣기 싫어졌다. 여기저기서 들려오는 말은 죄다 미안하다는 말뿐이었다. 그런데 내 말의 마침표도 거의 다 미안해요, 였다.

미안, 이라는 단어를 떠올리자 '미안하다'는 소리 하나로 아무 말도 못 하게 했던 사람이 생각났다.

"미안한데…."

그렇게 운을 뗴는 말의 끝은 대부분 부정적으로 끝났다. 진짜 미안한 마음일 수도 있고, 상황이 여의치 않아 입버릇처럼 하는 말일 수도 있었다.

어떤 마음인지 함부로 판단할 수 없기에, 그런 문장을 접할 때마다 백이면 아흔아홉 까지는 참아보려고 했다.

'정말 미안해서 그럴 거야. 앞으로는 달라질 거야.' 그렇게 아흔아홉 번이 흐르고, 참지 못한 채 그 사람에게 소리쳤다.

"미안한 일을 만들지 말았어야지!"

그렇게 외쳤던 사람이 이러고 있다. 미안한 일을 만들기 바쁘고, 죄송하다는 말을 달고 살기 일쑤였다. 언제쯤 죄송하다는 말에서 벗어날 수 있을까. 언제쯤 미안한 일을 만들지 않는 사람이 될까. 언제쯤 모든 미안하다는 말을 안아줄 수 있는 사람이 될까. 내 그릇 안에서 해결 가능한 일이기나 할까.

아, 꽤 긴 삐딱선의 여정을 가겠구나.

흔적을
떨쳐내지 못한

"너는 먼저 연락하는 스타일이 아니구나?"

많은 이들에게 듣는 말이다. 먼저 연락을 잘 하지 않았다. 안 했다기보다 못했다, 가 더 맞을 수도 있다. 처음부터 그랬던 건 아니다. 시간이 지날수록 어려워졌다.

마음을 단번에 뺐던 그는, 감정 기복이 심한 사람이었다. 관계에서 취한 쪽은 나였기에 상대의 목소리와 표정 변화에 따라 움직여야 했다. 상대의 목소리 톤이 높으면 괜히 기분이 좋아지고, 톤이 낮으면 괜히 긴장되고, 그러다 보니 그에게 전화를 거는 순간이 어려워지기 시작했다. 잘못된 타이밍에 전화를 걸었다가 낮은 텐션의 목소리를 들을까 염려됐다.

그래서 걸려오는 전화가 그렇게 반가웠다. 휴대폰을 들고 연락을 취한다는 건, 그 시간만큼은 이 사람이 와주는 시간이라는 생각이 들었다.

둘의 관계는 그렇게 전화를 거는 이와 받는 이로 나뉘었다. 나는 틈만 나면 오는 전화가 익숙해졌고, 그는 틈만 나면 전화를 하는 것에 익숙해졌다.

그저 좋았다. 만나면 외롭고, 만나지 않으면 외롭지 않았던 잘못된 관계였음에도 일단은 좋았다.

좋았던 진동은 이별 후, 나를 가장 힘들게 하는 원인이 되었다. 일과 관련된 전화보다 자주 울렸던 그의 전화는 아무리 기다려도 울리지 않았다. 생활의 커다란 부분을 차지했던 진동의 감촉을 잊기란 어려운 일이었다. 이별 후에 감당해야 했을, 어디까지나 혼자 겪어야 할 고통이었다.

이별 후, 어떤 이들을 만나도 부족한 연락을 가지고 투덕

거리는, 매우 평범한 연애를 했다. 그때마다 숱하게 울려댔던 번호는 선명하게 다가왔고, 후회를 만들었고, 그리움을 만들었다.

늦은 감이 없지 않은 깨달음, 싸워도 연락을 주는 사람, 오해를 불러일으킬 메시지가 아니라 감정을 헤아릴 수 있는 목소리를 들려주는 사람, 아니, 조금 더 용기 내서 얼굴을 보여주는 사람을 바랐다.

아직도 흔적을 떨쳐내지 못한 사람의 이기적인 바람일까. 거는 전화보다 받는 전화가 더 좋다. 울리는 진동 소리가 좋다. 여전히 그런 사람에 머물러 있다.

아무것도 아닌
감정

초등학교 6학년 때 같은 반이었던 한 아이가 생각날 때마다 미간이 찌푸려졌다. 적어도 중2 때까지는 그 아이를 길에서 만나면 온 힘을 다해 째려보겠노라 다짐했었다. 영원히 미워할 수 있겠다는 힘으로 살았다.

중학교 3학년이 되자 그 아이의 존재를 잊게 됐다. 그 아이에 대한 미움을 가지고 살기에는 바빴다. 고등학교 준비가 기다리고 있었고, 첫사랑이 시작된 상태였고, 한 아이돌 밴드를 응원해야 했다. 그것들은 그 아이에 대한 생각을 송두리째 잊게 했으며, 미움보다는 미간을 찌푸리게 할 정도의 마침표를 찍게 해준 시간이었다.

요즘 가장 신경 쓰고 있는 단어가 '추억'이다. 기대에서 오는 바람인 건지, 누구에게나 씌워지는 낡은 시간의 콩깍지인지 모르겠다. 다만 평생 누군가를 미워하면서 남은 삶을 살겠다고 되뇌었던 다짐이 흐릿해진 것을, 어떤 존재를 향한 감정이 0이 되는 과정도 있다는 것을 서서히 인정하며 살고 있다.

감정이 0이 되는 경험, 그러니까 한쪽이 사라지면 언젠가는 무관심이 되는 것이다. 지나치게 몰상식하게 품고 지나치게 몰상식하게 보낸 것은 아닐까 싶어지면서. 아무것도 아닌 감정이 될 것을 죽어라 사랑하고, 원망하고 분노하고 시기하며 질투했을까 싶어지면서.

어떤 상황이 와도 내일의 현실에 눈을 동그랗게 뜨고, 내일에 맞는 주파수를 맞추고 다닐 것을 알았다. 곧 많은 감정도 0이 되어 아무 사이가 아님을 증명할 것이다.

그를 미워하느라 바빴던 날에 선배가 했던 말이 생각나는 아침이다.

“다 아무렇지 않게 될 것을 미워하며 살 시간이 어디 있어.
사랑하며 살 시간도 부족한데.”

믿고 싶은
욕심

믿지 못하는 스스로가 미워져 종교라도 믿어야 하나 싶었다. 오래전, 엄마 손에 이끌려갔던 고즈넉한 성당이 떠올랐다. 어느 노래 가사처럼 '이럴 때만 신을 찾는 버릇'이 생길까 걱정도 됐지만, 지푸라기라도 잡는 심정으로. 하얀 천을 머리 위에 얹고 앉았다. 가만히 앉아서 신부님이 하는 말씀을 하나도 이해하지 못하지만, 그렇게라도 앉아 있어야 하나 싶었다.

사람 마음이 맘대로 되지 않는다는 것쯤은 알고 있었지만, 해도 해도 너무한 날이 있었다. 건네는 모든 말을 기다렸다는 듯 받아쳤던 사람이, 보내는 사랑은 계속해서 집착으로 거절당했던 순간이, 다른 사람들에게 시선을 돌리고 있는 그가 눈엣가시로 느껴졌던 찰나가.
상처 난 마음속 조각들을 억지로 붙여놓고 임시로라도 치료를 하고 싶던 날이었다.

곧장 성당을 찾았다. 안에는 아무도 없었다. 아무도 없었다는 게 다행이면서도 다행이지 않았다. 내 얘기를 누가 들어줬으면 좋겠다가도 아무도 몰랐으면 좋겠다는 마음이었다.

“학생. 혼자 왔나? 고해성사해 봐요. 나아질지 몰라.”
“아…. 제가 성당을 안 다닌 지 좀 오래돼서요….”
“무슨 상관이야. 고해하겠다는 건데.”

고해소에 들어가자마자 눈물이 왈칵 쏟아졌다. 무슨 죄를 지었냐, 는 신부님 말에 아무 대답도 못 한 채 쏟아지는 눈물을 그대로 두었다. 닦지도 않았고 멈추려고 노력하지도 않았다. 그날의 고해성사는 그랬다. 나는 아무 말을 하지 않았고, 신부님 역시 아무 말도 하지 않았다. 그러다 고해소를 나오기 직전, 신부님이 말했다.

"무엇을 믿으려 하지 말아요. 무엇을 믿으려고 하면 결국에는 아무것도 믿지 못해요. 신기하지만 그렇더라고요. 믿으려고 노력하고 있는 건, 믿고 싶은 욕심일 수도 있어요."

우선순위

밤이 또 되었다. 잠들기 아쉬워 애꿎은 리모컨만 만지작거리다 TV를 켰다.

"인생에는 우선순위가 있어. 네가 우선순위에서 밀렸어.""내가 왜 현수 언니한테 밀려야 해?"
"현수 씨한테는 누구든 밀려."
- 드라마 〈사랑의 온도〉 中

드라마를 보다 '사람마다 다른 우선순위가 있겠다'는 생각을 했다. 극 중 온정선(남자주인공)의 우선순위는 이현수(여자주인공)이지만, 이현수의 우선순위는 일이었던 것처럼. 나의 우선순위는 그였지만, 그는 내가 아니다.

그를 만나는 동안, 따라잡지 못했던 그의 우선순위가 궁금했었다. 궁금증은 불안을 불러왔고, 불안은 화를 불러왔다. 이제 와 그에게 왜 그렇게 화가 났었는지를 생각했다.

그의 우선순위에 들지 못해서였다. 그러니까 나를 향한 그 사람 시선의 무료함이 관계의 마침표를 찍게 된 이유였다.

"우선순위를 강요한다고 되냐. 자신도 어쩔 수 없는 거지. 네 모습을 봐. 너는 그 사람 우선순위에 두고 싶어 둬? 우선순위에 두지 않으려 해도 1순위가 되는 것. 좋아하면 생각하지 않으려 해도 생각나는 거 아니냐."

많은 시간이 흐르고 이제 와 친구가 해준 말을 인정하게 됐다. 그의 우선순위에 든다는 것이 어려운 일이었음을, 나보다 중요한 것이 많았던 그를, 더불어 시간이 지날수록 곱씹어지는 기억들만 많아지는 것에 대해 미안했다.

02_

혼자라는 그리움

내 곁을 떠난 이에게 느꼈던 감정은
후회였을까? 미련이었을까?
이 정도면 나 잘살고 있는데 자꾸 구멍
하나가 메워지지 않는 기분이 든다.
간신히 메워놓으면 비고….

그리워하다
하루가 다 지났어

몇 해 전 여름, 수 없이 변덕을 부렸다. 머리카락을 짧게 자르기도 했고, 보랏빛으로 염색도 했고, 귀에 피어싱도 달아봤고 타투도 해봤다. 병원에 다녔을 땐데 의사는 이렇게 말했다.

"다른 치료보다 일단 하고 싶은 걸 다 해보세요."

'의사니까. 다른 사람도 아니고 의사가 말한 거니까 해봐야지! 해도 돼!' 알고 있었지만, 의사의 진단이었기에 더 그럴싸했다. 그렇게 막연한 생각만을 가지고 정말 맘대로 살았다.

그러나 '그를 보내는 일'은 좀처럼 맘대로 되지 않았다. 짧아진 머리카락도, 파격적인 머리색도, 고름이 나던 피어싱도, 타투마저도 무의미하게 만들었다. 계절이 바뀌면 괜찮을 것이라는 헛된 기대도 그에게만 적용된 사항이었고, 다

가오는 계절과 한 장씩 넘어가던 달력 그 어떤 것도 괜찮을 수 없었다.

그로 둘러싸였던 의미 대신에 새로운 의미를 부여할 기회였다. 그 기회를 감사히 여겨야 했는데, 감사할 새도 없이 자주 길을 잃느라 바빴다. 자주 이전의 의미에 머무느라 바빴다.

그때 머물렀다가 현실로 돌아왔다가를 반복했다. 그런데도 뭐랄까, 잘못된 기분이 들었다. 단정 짓지 못하는 기분을 피하고 싶었다. 그럴 때마다 듣던 노래 하나, 이어폰을 귀에 꽂았다.

'난 그냥 그렇게 살아. 너를 그리워하다 그리워하다'

- 비투비, 그리워하다 중에서

이제는
맞지 않는
구두

비가 쏟아졌다. 빗소리를 듣고 싶지 않아서 이어폰을 귀에 꽂았다. 아무 생각도 하지 않으려고 했지만, 코끝을 맴도는 여름 향기 덕분에 그때를 떠올리게 됐다.

그날은 같은 구두를 사야만 '했던' 여름날이었다. 'MUST'를 강조했던 건 누구의 강요도 아니었고 혼자만의 의지였다. 다시 오지 않을, 함께했던 회사를 나와야 하는 날이었고, 마지막으로 함께 했던 사람들을 조우할 수 있는 날이었다. 가슴에 많은 사람을 담고 떠나야 했던 날이었다.

그날, 오랜 순간을 함께 했던 구두를 신고 싶었다. 닳아서 버렸던 탓에 존재하지 않은 구두를 굳이 신고 싶었다. 똑같은 구두를 찾느라 네시간을 헤맸다. 지금 생각해 보면 정말 쓸데없는 일이지만, 의미라는 것은 각자에게 주어진 몫일 뿐이었다. 그때 부여할 수 있는 유일한 의미로는 그 구두가 전부였다. 힘들게 찾은 구두는 한 치수 작았지만,

같은 구두를 찾았다는 것에 만족했다. 구두는 그렇게 온종일 엄지발가락을 짓눌렀다.

어렵게 주고받은 마지막 인사로 관계는 끝났다. 집으로 돌아와서 보니 남은 건 혼자 간직한 추억, 부어오른 엄지발가락 그리고 까진 발등이었다.

'아, 그때의 구두가 아니었지.'

보기에는 똑같지만 내 발 사이즈에 맞는 구두가 아니었고, 추억이 깃들어진 신발이 아니었다. 맞지 않는 구두일 뿐이었다. 억지로라도 맞추고 싶었던 인연들과 운명, 하지만 우연으로 남은 찰나들이었다.

여름향기에 얹혀 매년 이맘때쯤 찾아올 이야기, 잠 못 이루는 밤, 소소한 속풀이였다.

시간의 흐름

회사를 옮기면서 가장 어려웠던 일은 출퇴근 시간이었다. 그 동네를 지나쳐야 했다. 한때 나의 동네보다 더 친했던 그 동네, 그가 사는 동네였다.

표지판이나 도로 바닥에 적힌 동네 이름을 볼 때마다 그 사람 생각을 해야 했고, 몇 번의 브레이크와 함께 모든 것이 정지되는 느낌을 받아야만 했다.

불쑥불쑥 찾아오는 그런 날마저 익숙해지던 어느 날, 일하는 팀에 새로운 직원이 왔다.

"안녕하세요. OOO이라고 합니다. 스물일곱 살이고요. 연희동에 살아요"
"좋아해요. 연희동. 동갑이에요."

새로 온 직원의 자기소개가 끝나자마자 메시지를 보냈다.

동갑이라는 말에 신났고, 그 동네가 언급되자 반가웠다. 공통점을 발견하게 되면 호감부터 가지 않나. 연관검색어라고 생각하는 두 단어를 듣자마자, 새로 온 직원과 친해질 것 같다는 확신을 받았다. 그리고 얼마 지나지 않아 친해졌다.

일은 싫고 자유가 필요했던 날, 그 직원이 자신의 동네에서 놀자고 제안했다. 가슴을 활짝 펴고 당당하게 그 동네 땅을 밟았다. '이 동네에 사는 사람 따라서 온 거야!' 속으로 되뇌면서. 아무도 신경 쓰지 않을 일을 혼자만 신경 쓰고 있었다.

'쟤…. 저기 또 갔어?'

누구도 관심이 없었는데 환청이라도 들려올까 봐.

도착한 곳은 여전히 익숙했다. 홍대 근처라고 하기에는 조용한 곳이었고, 걷기 좋은 곳이었고, 고즈넉한 곳이었다. 자세히 들여다보니 바뀐 것도 많았다. 먹으면 입술이 빨개지는 떡볶이 가게 대신에 동네 이름이 걸린 김밥 가게가 생겼고, 눈병 치료를 위해 들렀던 약국 건물 2층에 있던 샤부샤부 가게가 없어졌다. '저기는 평생 가겠네.' 싶었던 육개장 가게도 없어졌다. 그 사람과 함께 했던 공간이 지금의 우리처럼 사라졌다.

시간의 흐름은 저것들조차 잡을 수 없었나 보다. 시간 앞에서는 추억도 다 덧없는 것이 되어버렸다. 그리고 나 역시, 더는 그 동네에서 그 사람을 기다리지 않는 사람이 되어 있었다.

혼자라는 것을

이별한 지 얼마 지나지 않아서 다른 곳에 관심을 두어야 했다. 주어진 일뿐만 아니라 모든 일을 도맡겠다고 나섰다. 그렇게 선배 대신 나간 거래처 미팅 자리에서 뜻밖의 질문을 받았다.

"남자친구 있어요?"
"예?"
"남자친구요"
"아… 아니요."

혼자라는 것을, 그런데도 혼자이지 못하고 있는 모습을 들키기 싫었지만, 대답까지는 오래 걸렸다. 주먹을 더 꽉 쥐고 웃어 보였다. 티 내고 싶지 않았다. 그렇게 되면 앞으로 아무것도 감당해나갈 자신이 없었다. '이곳이 아니어도 앞으로 종종 이런 질문을 듣게 될 거야. 대수롭지 않은 거야.' 그렇게 자신을 위안하면서.

미팅은 무사히 마쳤지만, 아직 끝나지 않은 여운에 사로잡혀 돌아가는 길 커피숍에 들렀다.

턱을 괴고 멍을 때린 채, 한 치 앞도 알 수 없는 시간이 어처구니없었다. 불과 며칠 전까지만 해도 모든 사람에게 남자친구의 존재를 알리려고 했었다. 눈을 동그랗게 뜨고 주변을 살피며, '저 이 사람 만나고 있어요! 제가 사랑하는 사람이에요!'라고 외치고 다녔다. 우리 사이를 모르는 사람이 없기를 바라던 시간도 있었는데, '있다'와 '없다' 한 글자의 의미 차이로 몇 년간의 시간이 단번에 정리되었다.

그래서 대답이 어려웠던 걸까. 난 아직 안됐다고, 아직 멀었다고, 아직 그립다고 말할 수 없어서. 그 말을 차마 할 수 없어서, 그래서 '아니요' 그 한 마디가 그렇게 오래 걸렸을까.

옛사랑

"어제는 음악 동아리에서 LP° 바에 갔어. 근데 느낌이 되게 다르더라."
"어땠는데?"
"진짜 음악 같았어. 기분이 이상했어!"

얼마 전 친구는 주말을 알차게 보내기 위해 음악동아리에 들었는데, 덕분에 눈길도 주지 않던 클럽에도 가보고 라이브 카페도 가봤다고 했다. 이어서 가본 곳이 LP바였는데 말을 할수록 친구의 얼굴은 상기됐다. '진짜 음악 같다, 노래가 살아 움직이는 것 같다, 잡음이 들리지 않는다. 가사가 보인다.' 등. 친구의 말이 길어질수록 LP가 궁금했다.

"집에 LP 있는데, 한번 들어야겠다."
"…뭐?"
"우리 집에 LP 있어. 근데 잘 안 들었어. 오래된 앨범들만 있고…."

° '레코드 플레이어'의 줄임말

‘우리 집에 LP 있어.’ 한 마디가 불러온 파문은 엄청났다. 집에 초대해달라, 그렇게 무시할 거면 자신한테 팔아라 등등. 그리고 친구는 마지막 한 마디를 덧붙였다.

“근데 오래된 음악이면 감성 더 풍부해지겠네. 꼭 들어봐. 지금 네가 들으면 딱 맞겠다.”

잠들기 전, 그녀의 마지막 말이 생각나 다락방으로 향했다. 퀴퀴한 먼지로 싸여있던 LP판들과 LP. 가장 먼저 집어 든 LP판을 닦아내자, 한 남자의 실루엣이 보였다.

‘아, 이문세 앨범이구나.’

한동안 사용하지 않던 LP를 연결하고, 음악을 들었다. 다락방에 우두커니 앉은 채로.
친구 때문이었을까. 진짜 음악 같았다. 노래가 살아 움직였다. 잡음이 들리지 않았다. 가사가 보였다. 그리고 그가 보였다.

'사랑이라는 게 지겨울 때가 있지. 내 맘에 고독이 너무 흘러넘쳐. 눈 녹은 봄날 푸르른 잎새 위에 옛사랑 그대 모습 영원 속에 있네.'

- 이문세, '옛사랑' 中

그때가 되면
웃을 수 있을까

직장 동료들과 있는 술집에서 노래 한 곡이 흘러나왔다. 한 아이돌 밴드의 2집 수록곡으로 타이틀곡도, 유명한 곡도 아니지만, 전주만 듣고 알아차렸다. '소녀를 만나다'란 노래였다.

그들의 팬이었다. 술집에서 그 노래를 듣고 반응한 유일한 사람이었다. 선곡한 직원도 그들의 팬이었을까. 입꼬리가 올라갔다.

"아…. 이때 좋았지…."
"이때?"
"지금 이 노래! 크오. 잘 지내니? 나의 첫사랑?"
"넌 대체 첫사랑만 몇 명이냐."
"처음 만나는 사람이랑 연애하면 다 첫사랑이지 뭐."

4분 13초, 오랜만에 듣게 된 노래는 그때를 생각나게 했다. 덕질[°]을 즐겼던 때이자, 짝사랑이자 첫사랑을 했을 때였다.

생각지도 못한 타이밍에 '그때'의 노래를 듣게 되는 날이면, 잊고 있던 것들이 생각났다. 타임머신을 타고 '그때'로 돌아갔다. 시간마다 기억되고 있는 '그때'의 노래와 함께 떠오르는 그때의 추억들. 그리고 시간이 지나 그때를 떠올리는 지금, 어디선가 들은 말인데 모든 기억은 미화된다고 한다. 좋게만 기억된다고 한다. 그때를 생각하면서 미소 짓는 지금도 미화된 기억일 수 있다. 아무렴 어떠냐. 지금 웃고 있는데. 그러다 문득 궁금해졌다. 시간이 조금 더 흐르고 당신한테 빠졌던 때에 들었던 노래를 접하게 되면, 과연 어떤 표정을 짓고 있을까.

그때가 되면 웃을 수 있을까.

° 자신이 좋아하는 분야에 심취하여 관련된 것을 모으거나 찾는 행위의 비속어

다시
쓸 수 있지 않을까

키보드를 보면 〈Delete〉 버튼과 〈Backspace〉 버튼이 있다. 〈Delete〉는 앞에서부터 순차적으로 지워지는 버튼이고, 〈Backspace〉는 뒤에서부터 역순으로 지워지는 버튼이다. 자연스럽지 않거나, 필요 없는 문장을, 오타가 있거나 잘못 눌러서 나도 모르게 써진 문장부호를, 그러니까 잘못 쓴 글이 담겨 있을 때 지울 수 있는 버튼들이다.

프랑스에서 돌아온 지 얼마 되지 않은 친구와 함께 카페에서 일하고 있을 때였다. 그녀는 한국에 적응할 시간도 없이 매 순간을 내게 할애했다. 일하다 말고 그녀와 얘기하기 위해 온갖 서류들을 노트북 위에 올렸다. 서류가 무거웠나 보다. 이상한 느낌이 들어 화면을 보자, 이상한 글들이 도배 되어 있었다. 지워야 했다.

화면 속 잘 못 써진 글들이 지워지고 있었다.

"삭제하고 싶다."
"그것이 내가 원하는 바야."
"잘 안 돼."
"쉽지 않지, 당연히. 있던 사람을 지우는 건데."

따라 지워졌으면 했다. 빠른 속도는 바라지도 않고, 느려도 괜찮으니 삭제되기를 원했다. 얼굴도 목소리도 번호도 그의 모든 흔적이 삭제되었으면 좋겠다고 생각했다. 이왕이면 〈Delete〉 버튼처럼 시작을 알렸던 시절부터.
좋았던 감정이 남아서 힘든 거니까. 우리가 좋았던 시절이 남아있어서 힘든 거였으니까.

그러자 그녀는 〈Backspace〉 버튼이 나을 거라고 했다. 이별의 시간부터 지워나가면 그 사람은 결국 좋은 사람으로 기억될 거라고. 그녀 말도 맞는 말이었지만, 솔직히 이런 마음이었다.

'〈Backspace〉라면 중간 어느 지점부터 다시 고쳐 쓸 수 있지 않을까. 필요 없는 이야기를 지워버리고 다시 쓸 수 있지 않을까.'

아주 잠시 울었다

퇴근이 늦어졌고 따라 막차가 끊겼다. 심야 택시는 타기 싫었다. 회사 가까이 사는 친구에게 메시지를 남겼다.

"또 신세를 져야 할 것 같아."
"와. 네가 언제부터 물어보고 왔냐."

추적추적 비가 내리고, 그에 따라 마음도 내려가 겨우 나를 움켜잡는 4월의 새벽녘이었다. 이별한 지 꽤 되었는데, 이상하게 그때처럼 울컥했다. 잊힌 줄 알았던 날들 속에 다시 그가 되새겨지고 있었다.

모든 것이 처음이던 그와의 연애. 문자도 몇 번을 고쳐 썼는지 모르겠고, 프로필 사진 하나도 어떤 거로 올려야 좋을지, 내내 고민하며 잠 못 이루던 밤도 수두룩했다.
그 사람의 지인들에게 잘 보이고 싶어서, 눈을 동그랗게 뜨고 와이파이를 여기저기에 갖다 대며 미소를 유지했던 때였다. 오는 전화는 반갑고 거는 전화는 설레고, 싸우고 엉엉 울다가도 '밥은 먹었을까, 좀 참아볼걸' 머리를 숙이고 나부터 원망하기에 이르렀던, 시선 마다에 그가 있던 때였다. 모든 것이 서툴고 어색하고, 모든 것에 부지런하고 거침없던 용감무쌍했던 때였다.

'또. 또.'

아무도 이해하지 못할 감정을 들키고 싶지 않았다. 꾹 참았지만, 빗길에 기대어 아주 잠시 울었다.

돌아오는 4월은 봄 같기를 바랐지만, 때늦은 겨울을 흠뻑 만끽한 게 전부였다. 이번에 펼쳐지는 4월 이야기 역시 겨울이라니, 그 생각을 하면서 계절은 그저 계절일까? 그 생각을 하면서.

나를 사랑해줄
사람이 필요해

'그를 처음 만났던 선술집에서 그를 마지막으로 봤다. 함께 샀던 모자, 함께 샀던 후드티, 함께 샀던 청반바지를 입고 언제나처럼 같은 담배를 피우던 모습은 1주일 전 내가 사랑했던 모습 그대로였다. 서로를 등지고 있다는 사실을 제외하고, 모든 것이 예전과 같았다.

서로의 목소리만을 들은 채로 끝났던 마지막 순간이 맞는 일이었을지 모른다. 그의 차림새를 보고 단번에 알아본 내가 더 사랑했었다. 바로 옆자리에 앉아있었음에도, 한동안 그가 가지고 있던 왕 귀걸이를 착용하고 바로 옆자리에 앉아있었음에도, 그는 나를 알아보지 못했다. 목소리도 얼굴도 다 사라져버린 존재를 여전히 사랑하고 있는 지금 역시, 순리일지도'

- 어느 날의 일기

조금 느리게 사랑하지 못한 나를 탓한 시간도 있었고, 조금 빠르게 사랑하지 못한 그를 탓한 시간도 있었다. 오랜 시간이 흐른 뒤에 펼쳐본 일기장, 사랑의 속도를 떠나 그때는 그랬을 수밖에 없었겠다, 는 위안을 받았다. 그는 '빠르게 사랑할 수 있는 사람이 아니었다'가 아니라 '나를 사랑하지 않은 사람이었다'는 씁쓸한 결론을 얻었다.

그와 헤어진 뒤, 이상형을 묻는 사람들에게 이렇게 대답했다. 순리에 맞아떨어질 수 있는 사람이 필요해, 라고. 함께 걷는 거리를 기억해 줄 수 있는 사람, 같이 걷는 시간을 아깝지 않다고 생각하는 사람, 속도를 맞춰줄 수 있는 사람, 내게 오는 발걸음이 가벼울 수 있는 사람, 내가 가는 것에 고마워할 줄 아는 사람, 이상형을 말하라면 A4용지 한 페이지를 가득 채울 수 있었다. 그 많은 말들을 단순하게 표현하자면 '나를 사랑해줄 사람이 필요해'라는 말이었다.

혼자 걷는 거리

우리는 함께 걸었다.

버스 정류장까지 그를 배웅했다. 스마트한 세상에 손가락 몇 번만 움직이면 어디로 가는지 친절하게 알려줄 테지만, 초행길인 그가 혹시나 길을 잃을까 봐, 라는 얼토당토않은 핑계를 댔다.

버스 정류장은 우리가 있던 곳에서 20분 정도 떨어진 곳이었다. 이 정도면 20분의 데이트를 더 할 수 있는 셈, 20분을 갔다가 30분을 혼자 돌아와야 하는 길이었다. 힘들지 않았다. 그와 함께 하는 모든 시간은 힘들 새가 없었다.

봄이었는데 살짝 더웠던 날씨, 하필이면 두꺼운 후드티를 입고 왔던 그는 걸어가며 몇 차례 힘들다는 신호를 보냈지만, 함께 걷는 것이 마냥 좋아 모른 척했다. 그렇게 이어폰을 꽂고 음악을 들으며 걷는 그의 옆자리에 내가 있었다.

줄곧 그의 이야기를 좋아했다. 앞으로도 그의 이야기가 되어주고 그의 반응이 되어주겠다, 생각했다. 그렇게 우리가 걸어갈 길은 점차 많아지리라 생각했다.

그런데, 어떻게 된 일일까.

그의 이야기를 듣고 있던 나는 어디에 있는 것일까? 나를 향했던 그의 이야기는 어디에 있을까?

왜 함께 걸었던 이 길을 혼자 걷고 있는 것일까?

먼지로
덮였던 마음

화장대 수분크림 용기 위에 잔뜩 쌓인 먼지가 보였다. 꽤 오래 쌓인 것 같은데 그동안 발견하지 못했었다. 치워야겠다고 생각했다. 거실로 나가 물티슈를 뽑아 들고는 먼지를 닦아내기 시작했다. 그리고 옆에 위치한 책장이 보였다. 많은 먼지가 쌓여 있는 책장, 그때 두 가지 생각이 스쳐 지나갔다.

'재도 먼지가 많네.'
'책 안 읽은 지 오래됐네.'

먼지를 닦으려고 시작했던 것이 어느새 방 청소로 바뀐 순간이었다. 물티슈 대신 걸레로 대청소를 시작했다. 책장의 이곳저곳과 수분크림 용기처럼 평소에는 잘 발견하지 못할만한 곳들을 찾아 벅벅 닦아냈다. 그때였다. '탁-' 먼지를 닦고자 꺼낸 책 한 권에서 종이 하나가 떨어졌다. 예전 그의 편지였다.

손에 든 걸레를 잠시 바닥에 내려놓고 그의 편지를 읽었다. 많이 그리고 자주 읽었던 편지였는데, 왠지 모르게 낯설었다. 적혀있는 문장들도 낯설게 느껴졌고, 그도 낯설게 느껴졌다. '밥은 먹었니?'로 시작된 평범한 편지, 내용은 특별하지 않았다. 나의 일상을 궁금해하고 그의 일상을 나열해 둔 편지였다. 보고 싶다는 말도 사랑한다는 말도 영원히 하자는 말도, 흔한 연인 사이의 애정 표현 하나 없어도 따뜻한 편지였다.

이제야 제대로 보였다. 오랜 시간 읽지 않은 건 책뿐만이 아니었다는 것을, 이제야 제대로 읽었다. 차마 버리지 못하고 책 속에 숨겼던, 이제는 먼지로 덮였을 그의 마음을.

무슨 이유로
그를 찔렀을까

"어휴 그냥 궁금해서 물어본 건데…. 고슴도치 언니도 참…. 언니는 뿔 달린 고슴도치 같아"

오랜만에 만난 후배는 내게 '뿔 달린 고슴도치 같다'고 말했다. 후배의 표현이 너무 웃겨 그 자리에서 박장대소를 했다. 얼마나 예민하게 굴었으면 후배가 이런 소리를 했을까, 싶었다.

후배의 말처럼 스스로 예민하다, 라는 생각이 들 때가 있다. 내 감정임에도 불구하고 맘대로 되지 않는 날이 있다. 특별한 이유도 없이 일단 짜증부터 나는 날이 있다. 그가 떠나고 난 후부터 그런 날이 찾아오면 일부러 지인들과 만남을 피했고, 혼자의 시간을 가지려고 노력했다. 예민함에 누가 또 다치지 않을까 싶어서.

"무슨 일 있어?"

"응? 아니"
"평소 목소리가 아니신데요~"

낮은 나의 목소리를 듣는 날에 그는 평소보다 자주 전화를 했다. 그의 목소리를 들으면 무슨 이유인지 마음이 안정됐다. 밤샘 업무로 입안에 구내염이 돋아도, 피곤함이 한 번에 몰려와 몸살 기운을 얻어도, 마음 같지 않은 엇갈림으로 오해를 앓아도, 그의 목소리 하나면 다 나았다. 어릴 적 엄마의 손길이 닿으면 금방 잠이 들고는 했던 것처럼, 그의 존재만으로 편안함을 느낄 수 있었다. 그래서였을까. 업무 전화로 온종일 휴대폰을 붙들고 있었음에도 그로부터 걸려오는 전화는 늘 반가웠다.

그를 좋아했다. 그 사실만은 분명했다. 고슴도치도 좋아하는 것 앞에서는 가시를 내린다고 하는데, 그는 왜 찔렀을까. 나는 무슨 이유로 그를 찔렀을까.

종종 찾아오는 불완전한 기분이 또 누구를 아프게 할까.
또 누구를 떠나가게 할까.

완벽하게
잊히는 건 없다

어릴 적 친구들과 뛰어놀다 넘어진 적이 있다. 넘어지면서 돌 모서리에 허리를 찍혔는데 그때 기억으로는 멍이 생기고 상처가 깊게 파여 피도 났다. 물론 아프기도 했다. 세상에서 제일 무서운 곳은 병원이었을 때라 병원 가야 한다, 는 엄마의 말을 뿌리쳤던 기억도 났다. 엄마는 일단 약을 발라보자 했고, 바르는 약에만 의존한 채 고통을 참아냈다. 꾸준히 바르다 보니 더는 아프지 않았고 상처도 괜찮아졌구나 싶었다. 그렇게 시간이 지났다.

"허리가 안 좋은가 봐?"
"응 초등학교 때 놀다가. 칠칠찮지?"

그가 내 허리를 바라보며 했던 말이다. 허리에 새겨진 상처를 보면서. 그의 말에 그동안 잊고 살았던 '돌 모서리에 부딪힌 일화'를 떠올렸다. 그의 말이 아니었으면 잊고 살았을 상처였다.

그와 이별하고 어김없이 시간이 지났다. 그에 대한 흔적은 사람을 만나고, 다시 사람을 만나며 점점 잊혔다. 그렇게 평범한 날들이 흘렀는데, 갑자기 교통사고가 났다. 검사 결과를 보던 의사가 말했다.

"허리가 안 좋으시네요?"
"아…. 네"

완벽하게 잊히는 건 없다고 생각했다. 어떤 기억이든 완벽하게 잊히는 것이란 없다고. 아픔은 흐릿해지는 것뿐이고 사랑은 느슨해지는 것뿐이지 잊힘에 완벽이란 없었다.

의사의 말에 잊고 있던 모든 것이 생각났다.

'허리가 아픈 사람이었다'는 것과 '허리가 아팠다는 것을 16년 만에 생각나게 했던 그'가.

친구의
메시지

친구들과 주말을 보내고 있을 때 메시지 하나가 왔다.

'부고 알림. OOO의 부친께서 별세하셨기에…'

메시지를 처음 접했을 때의 기억은 나지 않았다. 다만 아무 소리도 들리지 않았다는 것만은 명확했다. 멀뚱멀뚱한 상태로 한참을 있다가 이러고 있을 때가 아님을 알고는 서둘러 집으로 향했다. 옷을 갈아입고 집을 나서는데, 친구로부터 또 다른 메시지가 도착했다.

'내일 와'

오랜 시간 사람을 만나고 얘기를 나누다 보면, 자연스레 그 사람의 마음을 알아차리게 된다. 그녀의 메시지는 '당장 와달라'는 신호였다. 허겁지겁 잡히는 택시에 몸을 싣고 친구가 있는 곳으로 향했다. 마음이 무거운 탓이었을까. 동네에 있는 병원인데도 평소보다 멀게 느껴졌다. 도착한 곳에서 마주한 친구는 힘이 하나도 없었다. 인기척에 고개를 든 친구는 나를 보자마자 자신의 얼굴을 감쌌다. 나는 친구를 감쌌다. 한동안 그렇게 있었다. 그리고 친구는 계속해서 아버지를 다그쳤다.

"이렇게 가는 경우가 어디 있냐. 정말 너무 하지 않냐."

장례식이 끝나고 이틀 뒤, 그녀로부터 메시지가 왔다.

'잘 보내드리고 정리도 다 끝냈어. 우리 아빠 가는 길에 시간 내 와줘서 정말 고마워! 내가 진짜 잘할게!'

오랜 시간 한 사람을 만나고 얘기를 나누어도, 그 사람의 마음을 놓치는 경우가 있다. 활기를 되찾은 친구의 메시지보다 눈에 띈 것은 바뀐 프로필 사진이었다. 어릴 적 친구와 젊은 아버지가 함께 찍었던 사진. 그제야 친구가 '우리 아빠'라는 표현을 많이 썼던 것이 생각나면서, 눈시울이 붉어졌다. 그날 친구는 표정으로 계속해서 말하고 있었다.

'아빠. 고마웠어요.'

시원한 건지
섭섭한 건지

"뭐 할 거예요?"
"염색이요!"

미용사는 내 말에 머리카락을 만지기 시작했다. 그런데 표정이 좋아 보이지 않았다. 이어 내게 머리카락 자를 것을 추천했다. 간신히 기른 머리카락이었다. 아까운 마음이 앞서 선뜻 오케이 사인을 내리지 못하고 있을 때, 미용사가 말했다.

—

"상한 걸 달고 다니면 뭐 해요."
"힘들게 기른 거라서…."
"자르고 제대로 다시 길러 봐요. 이거 봐요 목숨이 없어요. 목숨이."

머리카락을 자르지 않겠다는 내 고집은 '목숨이 없다'는 미용사의 말에 고개를 숙였다. 그렇게 미용사 손에 들려있던 죽은 목숨의 머리카락들은 한 움큼씩 바닥으로 떨어졌다. 어느새 단발이 되어버린 나의 모습. 몇 년을 기른 머리카락이 잘린 시간은 채 5분도 되지 않았다.

"아까워라…."
"잊고 살다 보면 언제 그랬냐는 듯 길러져 있을 거예요."

싹둑 잘려나간 머리카락을 뒤로 한 채 미용실을 나왔다.

시원한 건지 섭섭한 건지 알 수 없는 마음이다. 길을 걷다 건물 사이로 비치는 모습이 어색했다. 이제는 머리를 건강하게 기를 수 있을까. 그보다 어색함은 금방 익숙함이 될 수 있을까. 얼마나 걸릴까. 미용사 말처럼 잊고 살기만 하면 되는 걸까.

기억을
지우고 싶다

영화나 드라마, 책 등을 접하면서 한 장면에 오래 머물 때가 있다. 인생 명장면 같은 것, 대체로 '내 상황'과 맞물리는 장면을 마주할 때가 그렇다.

'사랑을 다시 믿어볼까 했던 영화'라는 감상평에 끌려 무작정 보게 된 영화가 있다. 〈이터널 션 샤인〉, 영화를 처음 봤을 때는 떠나려는 여자와 잡으려는 남자의 모습이 담긴 장면에 머물렀다. 당시 현실이 그랬다. 내 소망이 그랬다. 떠나고 싶은 마음을 그가 잡아주기를 바랐다. 치졸함과 부족함이 갈등했다. 그러니까 사랑은 하고 있는데 믿음이 깨지기만 할 때, 안타까운 걸까 다행인 걸까 그 장면에 머문 채로 우리의 관계는 정리됐다.

얼마 전, 추위를 피하려고 들른 한 서점에서 그 영화를 다시 만났다. 따뜻한 차를 한 잔 시키고 앉아 영화를 시청했다. 오래 머물렀던 장면을 다시 보고 싶었다. 그런데 신기했다. 오랜 시간 내 안에 머물던 장면이 아닌, 다른 장면이 나를 사로잡았다. 남자와의 모든 시간을 지운 여자 그리고 그 사실을 알게 된 남자의 배신감과 분노였다. 그리고 남자도 기억을 지우는 병원을 찾는 장면이었다.

영화가 끝나고도 쉽게 자리에서 일어나지 못했다. 오늘의 내가 여과 없이 들통난 기분이었다.

감성을 좌지우지하는 건 공감이 맞았다. 그러니까 지금 난, '당신 기억을 지우고 싶다'는 것에서 비롯된 공감을 하고 있었다.

잊고
잘 살다가

"너는 어떤 연애가 가장 기억에 남아?"
"음 가장 힘들었던 거…? 아니다. 가장 좋았던 건가? 잘 모르겠어요."
"정답이네"
"네?"
"가장 좋았던 기억이 가장 힘든 기억이 되는 법이지. 그런 말이 있어. 내가 사랑한 것들은 결국 나를 울린다는 말."

그 말을 끝으로 선배는 울었다. 우는 선배를 바라보다 비어진 잔에 소주를 채웠다.

"언니가 우는 이유가 궁금해요."
"어떤 사람이 있는데 못 해 준 것밖에 생각이 안 나네. 아쉬워서 그래."
"에이. 지금 형부가 들으면 서운하겠다!"
"남편도 있을 거야. 말을 안 할 뿐이지. 나는 지금 옆에 있는 사람이니까 기억에 남는 여자가 아니지. 지금 옆에 없는 사람이 기억 속에 사는 거니까. 사람 사는 거 다 똑같지 뭐."

지난 시간에 다른 사람의 여자였던 사람, 그 기억이 가끔 찾아와 선배를 울리고 웃기고 있었다. 선배 모습을 보면서 마음에 남는 한 사람쯤은 모두 있겠다 싶었다. 못 잊고 이러고 있는 내 모습이 이상한 게 아니라는 위로를 받았다. 이어 선배는 비어진 내 잔에 소주를 채우며 말했다.

"가끔 이렇게 그리워서 그래. 이제 더는 그 사람에게 뭘 해 줄 수 없는 사람이야. 끝났다잖아."

그날 선배는 끝났다, 는 말로 관계를 정리해야 했던 그때에 있었다.

03_

과거라는 아쉬움

그리움이 아쉬움으로 바뀌는 것은
돌아갈 수 없음을 아는 것이다.
결국 시절이 되어버리는 것들.

지워지지
않는 것

타투 새긴 것을 본 엄마는 물었다.

"이건 뭐야?"
"응~ 지워지는 거야."

엄마가 뭐냐고 물었는데 당황한 나머지 동문서답을 했다. 타투, 그러니까 문신이라는 얘기를 꺼내면 분명히 집에서 쫓겨났을 것이다. 엄마는 그냥 넘어갔지만, 알았을 것이다. '지워지지 않는 거구나.'라고.

타투를 새긴 이유는 허무함 때문이었다. 이별했고 '우리' 라는 울타리가 사라졌다. 달라진 건 없었지만, 조금 허무했다. 변화를 주고 싶었다. 몇 가지 적어둔 버킷리스트가 있었는데, 그 중 첫 번째에 적혀 있던 타투를 바로 실행에 옮겼다. 타투를 새기기까지의 고민은 길지 않았다. 마음먹고 오래 생각하면 실천하지 못했다. 할까 말까 고민이 길어질수록 따라 길어지는 건 고민이었다.

타투 전문점에 들어서자 벽면에는 다양한 타투 무늬들이 있었다. 사전 정보 없이 무작정 간 거라 아는 것이 없었다. 또 고민 없이 별 모양을 고르고는 쇄골 밑에 그려 달라고 요청했다. 생각보다 아프지 않았다. 눈 깜짝할 새에 끝나 아플 새가 없었다. 아픔을 느낀 건, 타투가 완성된 후였다. 많이 울었다. 그때 흘린 눈물의 의미는 무엇인지 모르겠다. 그냥 떠오르는 사람 하나가 참 싫다는 정도.

몸에 평생 지워지지 않을 그림이 있다는 것조차 잊힐 만큼의 시간이 지나고, 눈물이 완전히 말라 흔적조차 남지 않자 누군가 물었다.

"타투는 왜 했어?"
"그냥 하고 싶었어."

"잘했어."

그는 더 묻지 않았다. 나 역시 더 자세한 이야기를 하지 않았다.

타투를 처음 새긴 날 엄마가 모른 척 넘어가 줬던 것처럼, 지워지지 않는 것을 갖고 싶어 했다는 걸, 그는 알았을지도 모르겠다.

첫 번째
편지가 닿은 거리

크리스마스가 이틀 앞으로 다가와 문방구에 들렀다. 다양한 편지지와 카드가 진열되어 있었다. 어떤 것으로 고를까 고민하다가 멈칫했다. 언젠가 구매했던 편지지 하나가 눈에 띄었다.

그에게 처음으로 썼던 편지지였다. 그때는 편지지를 사 들고 평소보다 빠른 발걸음으로 집 근처 커피숍으로 향했다. 그에게 줄 마음을 서둘러 적고 싶었는지, 고민 없이 음료를 주문하고 자리에 앉았다.

어떤 마음을 첫 이야기로 써야 하나 생각에 잠겼다.

'다짜고짜 사랑한다고 고백하면 당황하겠지?', '힘내라고 한다고 힘이 날까?', '미친 척하고 애교를 한 번 부려봐?' 다양한 생각들이 정신을 혼미하게 했다. 사실, 그때는 그를 생각하는 것만으로도 매일 혼미했던 상태였다.

정말 어렵게 그에게 전달할 첫 번째 편지를 완성했다. 50번은 읽어봤던 것 같다. 읽고 또 읽었다. 맞춤법이 틀린 것은 없는지, 내용이 이상한 건 없는지, 글씨는 괜찮은지, 읽고 또 읽었다. 평소 편지 쓰는 걸 좋아해서 지인들에게 자주 편지를 쓰고는 했는데, 그렇게까지 심장이 두근거린 적은 없었다.

다시 마주한 그때의 편지지 앞에서 추억을 곱씹어보는 것 말고는 할 수 있는 게 없었다.

'마음이 담긴 편지를 그가 받았을 때 기분은 어땠을까?',
'그때의 편지는 마음을 어디까지 전달해 줬을까?',
'그는 어디까지 편지를 진심에 담았을까?'
이제는 묻어야 맞고, 묻혔어야 맞는 낡은 종이지만 갑자기 궁금한 게 많아졌다.

완벽한 엔딩

퇴근길, 자주 듣는 라디오를 들으며 집으로 향했다. 감미로운 목소리를 지닌 DJ가 말했다.

"반갑기도 하면서 완벽한 엔딩을 본 후 '사실 이게 잘 될까? 4편이 나와서 나의 만화영화가 무너지면 어떡하지?' 이런 걱정도 하고 있는데, 한 번 기대를 해보겠습니다."

그녀는 3편으로 끝난 줄 알았던 한 만화영화의 4편 개봉 소식을 전하며, 새로운 이야기로 인해 기존의 이야기가 망가지지 않기를 바라고 있었다.

"그럴 수도 있겠다."

그녀의 이야기를 듣고 나자 고개가 자연스럽게 위아래로 끄덕였다.

이야기가 꼬리에 꼬리를 물게 되면 시간은 언제 흘렀는지 모르게 순식간에 지나갔다. 생각의 정리가 필요하다는 이유로 라디오가 끝날 때까지 차 안에 있었다. 내게도 엔딩을 맞은 많은 이야기가 있지만, 가장 먼저 떠오른 건 그였다. 한파가 진정되어서인지 마음도 조금 진정이 된 것 같다. 차 안에서 하늘을 보다가 문득 그가 정말 행복했으면 좋겠다는 생각을 했다. '행복하세요'. 그 다섯 글자를 보낼 수 없는 사이라는 게 시야를 간지럽혔지만, 할 수 있는 건 없었다. 스스로 만든 엔딩이 그 모양인 것을.

우리의 엔딩이 DJ가 사랑하는 만화영화의 3편 엔딩처럼 완벽했다면, 종종 그를 생각하지 않아도 됐을까?

아주 만약에, 기적처럼 기회가 생겨서 우리의 새로운 이야기를 펼칠 수 있게 된다면, 지금보다 더 완벽한 결실을 볼 수 있을까?

정말 어쩌면, 지금이 가장 완벽한 정답일 수 있지 않을까?
하는 생각이 들었다.

노트북

그는 솔직한 사람이었다. 집에 가만히 있다가는 지난 여자 생각에 또 바보처럼 하루를 보낼 것 같았다며, 원치 않은 소개팅에 나온 사람이었다.

"그녀의 가방은 항상 무거웠어요."

마음에 담아둔 지난 여자 얘기를 소개팅 자리에서 꺼낸 남자, 예의가 아니었다. 하지만 그는 미안하다는 말을 꺼내지 않았다. 나도 화가 나지는 않았다.

그의 얘기를 잠자코 들었다. 그의 말은 후회로 가득했다.

자신은 표현할 줄 모르는 남자였는데, 한 발짝 다가서면 그녀는 한 발짝 멀어졌다고 했다. 그래서 기다리면 그녀는 다가오지 않는다고 속상해했다고 했다.

어떻게 해야 할지 몰라서 발을 동동 구르는 동안 이미 그녀는 자신에게 등을 돌리고 있었다고.

"제가 할 수 있는 건 무거운 노트북을 제 가방에 넣는 것이 전부였어요. 말을 하면 어긋나기만 했으니까. 내가 무슨 말을 해도 싫어했으니까. 그런데 눈에는 그녀의 가방이 보이더라고요. '무겁겠다.' 그 생각밖에 들지 않았어요."

표현을 못 하는 남자가 보낸 신호를 그의 여자는 알지 못했다. 자신의 노트북이 그의 가방에서 편안히 있어도 그녀는 알지 못했다.

그리고 문득, 노트북을 자신의 가방에 넣던 그 사람이 생각났다. 말만 하면 어긋나기만 했던 우리의 모습도 함께 스쳐 지나갔다.

이야기는 노트북이 없어도 무거워진 그의 어깨와 같았고,
여전히 노트북을 들고 다니는 무거운 내 팔과 같았다.

마지막 인사

'마지막 인사가 안부여서 다행이다. 더 많이 웃고 건강하자고 얘기했다. 당분간 슬프겠다. 그래도 다행이다. 아프지는 않다. 그렇게 헤어졌다.'

남부럽지 않은 1년간의 연애를 마친 선배가 글을 올렸다. 덩그러니 찍힌 본인 그림자와 함께.

평소 선배를 보며 그런 생각을 해왔다. '외모부터 성격까지 완벽한 사람이 연애까지 완벽하게 하는구나.' 그러다 이별을 맞은 선배의 글을 보며 이런 생각을 했다. '헤어짐의 글이 이럴 수도 있구나.'

선배의 글은 단출하고 소소했다. 글에서 감정이 고스란히 묻어났는데, 그곳에서 슬픔 대신 안정을 찾았다. 곧바로 그녀에게 메시지를 보냈다.

'나는 무서워서 못 썼을 문장을 언니는 참 용기 있게 썼네. 언니가 참 사랑했던 분이라는 게 느껴져.'

'고마워. 이제 다시 볼 수 없는 사이인 걸 알아서 그런걸, 서로 예쁘게 정리했으니까 가능했던 이야기야.'

함께 시작한 사랑이 고난의 시간을 지나 함께 마무리한다는 것. 슬픔을 피할 수는 없겠지만 누구 하나의 잘못이 아니었음을 인정하고, 서로를 응원하는 두 사람의 태도. 새드엔딩이었지만 아름다웠다.

동시에 깔끔하지 못했던, 당신을 향해 뾰족하기만 했던 나의 마지막 인사가 더욱더 아쉬워졌다.

못내 아쉽게
느껴지는 순간

라디오 DJ는 오프닝을 읽은 후 말을 건넸다.

"저도 화초를 키운 적이 있어요. 그런데 키울 때마다 말라 죽더라고요. 화초에 무관심했던 거죠. 화초를 키울 자격이 없던 거예요".

DJ의 멘트를 듣는 도중, 화초는 사랑으로 해석됐다.

'그도 사랑했어요. 그런데 사랑을 할 때마다 상대는 외로워 떠나더라고요. 사랑에 무관심했던 거죠. 사랑할 자격이 없었던 거예요'.

처음 화초를 키우겠다고 다짐했던 순간만큼 화초를 아꼈다면, 처음 사랑을 하겠다고 다짐했던 순간만큼 사랑했다면, 말라 죽을 일도 곁을 떠날 일도 없었을 것이다.

집에 도착해 씻고 침대에 누웠다. 집으로 돌아오는 길에 들었던 DJ의 말이 아른거려 또 잠 못 이루는 새벽을 맞았다.

쉽게 지치고 질리는 감정들이 못내 아쉽게 느껴지는 순간이었다.

누군가를
바라본다는 건

'언제 시간 괜찮으세요?'

첫 직장에서 알게 된 지인으로부터 오랜만에 연락이 왔다. 이 말은 곧 만날 것이라는 의미였고, 그 만남은 현실이 되었다.

대부분 대화의 시작은 '지금 어때요?'와 같은 현재 상황에 대한 안부 인사로 이뤄진다. 형식적일 수 있다지만 어색함을 달래줄 말로는 이만한 게 없지 않나. 그와의 대화도 그랬다. 그는 나의 안부를 물었고 나 역시 그의 안부를 물었다. 안부 인사와 함께 몇 점의 고기와 몇 번의 알코올을 넘기자, 대화는 같은 시간과 공간에 있던 때로 흘렀다. 그러다 지금까지 모르고 있던 이야기 하나를 듣게 됐다.

"그때는 차갑고 잘 웃지도 않고 막내처럼 보이지 않았어요."

사회 초년생이라고 하기에는 맞지 않았던 모습이었나. 긴장해서 눈동자가 쉼 없이 바빴던 것 같은데, 굳어있던 모습이 그렇게 비쳤었나 보다. 말 걸기가 어려운 사람이었다고 했다. 그러다 자연스럽게 그 사람 얘기가 나왔다. 한때 연관 검색어였던 사람. 나와 그 사람을 함께 알고 있던 지인에게서 들은 이름은, 오랜 시간이 흘렀지만 어색하지 않았다.

"근데 그 모습 보고 작가님도 여자구나 했어요."

그 사람의 옆에 있던 내 모습을 보며, '여자구나'를 느꼈다고 했다. 여자구나, 라는 말이 너무 재미있어서 많이 웃었다. 그래, 여자였지. 무뚝뚝하고 웃지 않으면 차갑고, 어쩌면 냉정해 보이는 인상이 그 앞에서는 언제나 여자였었다.

오죽했을까. 매번 변신하고 싶고 특별해지고 싶고 예뻐 보이고 싶었다. 누군가를 바라본다는 건, 하나로 정의할 수 없을 정도의 다양한 감정들이 찾아온다는 의미였다. 자신을 쉽게 잃을 수 있다는 의미기도 했다. 무엇보다 앞선 감정, '밀당'보다 앞선 시선, 생각보다 앞선 행동에 끌려다녔다.

집으로 돌아오는 길, 괜히 여자이니까, 라는 노래를 귀에 꽂고 떠오르는 잔상의 그를 잠시 생각했다.

그만
아쉬워하기

휴대폰을 바꾸겠다고 마음먹었다. 고장 난 휴대폰만 바라보며 추억을 떠올리기에는 당장 해야 할 일이 많았다. 휴대폰의 겉모습만 바뀌었을 뿐 모든 건 그대로였다. 메인 사진과 깔아놓은 앱 등. 달라진 것이 있다면, 고장 난 휴대폰 속에만 남아있는 사진과 전화번호였다. 액정이 깨진 것이어서 사진과 번호를 옮길 수 없었다. 새로운 휴대폰 속 사진첩과 전화번호부는 텅 비었던 상태였다.

급한 대로 메신저 앱을 통해 지인들에게 번호를 달라고 요청했다. 허겁지겁 떠오르는 얼굴 순대로. 나를 기다릴 것만 같은 사람들에게 부리나케 보냈다. 보낼 사람들에게 보내고 나자, 조금 어색한 관계의 사람들이 기다리고 있었다.

'연락을 안 한 지 꽤 오래된 것 같은데….' 휴대폰을 새로 샀으니 번호를 달라고 하기 쉽지 않지만, 연락을 안 하기에는 가깝다고 느껴지는 사람들이었다. 스스로 세운 기준에 그들이 도마 위로 올라오는 것이 웃긴 것만 같아 메시지를 보냈다.

다만, 완벽하게 어색한 사람들이나 굳이, 라는 관계가 어울리는 사람들에게는 고민 끝에 메시지를 보내지 않기로 했다.

모든 절차가 끝나자 반으로 줄어든 전화번호부가 보였다. 현재 인맥 스코어가 눈에 띄었다. 그동안 너무 부풀어져 있었다. 시원섭섭하다는 말을 이럴 때 쓰는 걸까. 어떤 고난과 역경도 함께라면 이겨낼 수 있을 것 같던 사람도, 동고동락하며 같은 시간을 공유했던 동료도, 둘도 없이 친한 사이였던 초등학교 동창도. 관계를 지우는 일이란, 시원하지만 섭섭하고 섭섭하지만 시원한 일이었다. 어색해져 버린 이유는 나의 불찰, 혹은 너의 불찰일 수도 있다. 물론 시간 탓일 수도 있다.

멀뚱히, 카페에 앉아 휴대폰을 바라보다 다짐 하나를 마음에 새긴 채 자리에서 일어났다.

'떠난 것과 떠나보낸 것을 그만 아쉬워하기. 얼마 남지 않은 이 사람들은 지키도록 노력하기.'

행복이라는
봄날의 단어

울릉도에서의 업무를 마치고 서울로 돌아오는 길이었다. 몇 시간 동안 멀미와 사투를 벌이느라 컨디션이 좋지 않았다. 서울에 도착할 때까지 아무 말도 하지 않겠다고 생각했다. 배에서 내려 서울로 이동하는 차에 탄 후에도 여전히 기운이 없었다.

"저기…."
"네?"

몇 시간의 침묵을 깬 소리였다.

"갑자기 소장님이 해 준말이 생각나서요."
"소장님이 뭐라고 하셨는데요?"
"행복하게 지내라고 하셨어요. 근데 울컥했어요."

그녀가 꺼낸 말은 순간, 피곤했던 정신을 깨웠다.

문득 다른 지인에게 '작가님, 행복하세요.'라는 말을 듣던 때가 생각났다. 그때 내가 지었던 표정이었을까. 익숙하지 않은 사람에게서 '행복하라'는 말을 들었을 때의 기분. 친하다고 생각했던 사람에게 듣던 말보다 짠했던 감정. 예상치 못한 순간에 듣게 된 봄날의 단어, '행복'

살다 보면 사무치게 그 사람이 생각날 때가 올 거고, 잘 사는지 아닌지 몰래 살펴볼 때가 올 거고, 행복하면 미소 짓고 행복하지 않으면 씁쓸해질 때가 오겠지. '행복'이라는 말에 자연스레 떠오르던 그 사람이, 고작 '한낱'의 단어로 묻히는 날이 오겠지. 점점 묻혀가는 그 사람이 완전히 묻히는 날이 오겠지. 약간은 서글프면서도 이제는 새롭게 다가오는 누군가를 두 팔 벌려 환영하는 태도가 괜찮아지는 순간이 오겠지. 행복이라는 말에 다른 사람이 떠오르는 그런 날이 오겠지.

줄 수 있어서 행복했던

일본 출장을 갔을 때, 잠시 쉼이 생겨 일본의 이곳저곳을 카메라에 담았다. 허세 감성이 담긴 사진들을 찍고 나자, 혼자 간직하기 아깝다는 생각이 들었다. 자랑하고 싶기도 했고 지인들도 잠시나마 여유를 가졌으면 좋겠다고 느껴져 SNS에 올렸다. 사진을 올리며 덧붙일 말로 떠오른 건, '아…. 이번에는 내가 마실 사케를 사야겠다. 나를 위한 어떤 것을 사야겠다'는 생각이었다. 그 생각은 그를 향한 작은 복수였다.

장바구니에는 다양한 사케와 립스틱이 담겼다. 집에 도착하여 짐을 정리하는데, 머쓱한 웃음이 나왔다. 작은 복수는 오래가지 않았다. 난 사케를 그다지 좋아하지 않는 사람이었고, 색색의 립스틱을 사용해도 기분 좋게 봐줄 누군가도 없었다.

생각건대, 그를 위한 선물은 곧 나를 위한 선물이었다. 그가 지어줄 웃음이 좋았고 행복해하는 분위기가 좋았다. 그를 위해 없는 시간을 쪼개가며 공항 면세점을 달릴 때가, 자신을 위한 립스틱을 사러 나지막이 걷던 모습보다, 더 아름다웠고 행복했다. 그 사람에게 줄 면세 담배를 사던 순간도 행복했고, 그 사람에게 줄 사케를 사던 순간 역시 행복했다.

누군가를 생각하고, 누군가에게 선물할 수 있는 존재라는 것이, 선물할 수 있는 누군가가 있다는 게 얼마나 큰 행복인지 알게 됐다. 사랑이 적었던 그를 떠올릴 때마다 '나만 줬다'고 생각했는데, 줄 수 있어서 행복했던 것을 미처 몰랐었다.

후회는 늘 마침표가 찍힌 다음에 찾아왔다. 이번 후회 역시 별반 다를 게 없었다. 돌아가고 싶다는 느낌이라기보다는 그런 상황이 다시 찾아오면 그렇게 살지 않겠다는 다짐이었다.

신발 끈을 조여 매는 신발장 앞에서부터 가슴이 쿵쾅거리며 떨리는 사람이 다시 생기면, 어떠한 것에도 얽매이지 않고 아낌없이 주겠다는 생각을 했다.

지웠다는 건
잊고 싶다는 말

인스타그램이든 페이스북이든 사진첩이든 오래된 추억일수록 스크롤을 많이 내린다. 그게 아프다. 웃으며 꺼내 볼 수 있는 추억이든 꺼내기 쉽지 않은 추억이든, 모든 추억은 시간이 지날수록 찾아보기 어렵다. 어제는 오늘에 밀리고 오늘은 내일에 밀리는 이치가 새삼 아팠다. 더 아픈 건, 있던 사진이 사라진 것을 봤을 때다. 기억에는 있는데 게시글에서 사라져 버린 것들. 지웠다, 는 건 잊고 싶다는 말이었다.

"진짜 다 지웠더라."
"지워야지. 갖고 있어서 뭐 하겠어."
"그건 그렇지만…."
"염탐 이제 그만해."

친구가 하소연했다. 헤어진 그녀가 자신과의 추억을 지웠다고 했다. 잘 사는지 궁금해서 들어가 본 그녀의 SNS에서는 걱정보다 훨씬 잘살고 있었고, 자신과의 시간만 지워져 있다고 말했다. 제 삼자의 얘기에는 언제나 현실적이다. 정작 나 때는 그렇게 못해놓고. 억장이 무너지는 기분이겠지만 결국엔 괜찮아질 거다, 라는 뻔한 위로를 던진 채 이야기가 마무리됐다.

친구를 만나고 돌아오는 길에 지인들의 SNS 공간을 찾았다. 그들은 현재를 살고 있었고, 그 안에는 내가 존재했다.

연락이 닿지 않은 사람들이 궁금해졌다. 친구에게는 염탐하지 말라고 신신당부를 해놓고 그들의 공간에 들어갔다. 그들도 역시 현재를 살고 있었다. 그들의 현재에는 내가 존재하지 않았다. 함께 했던 시간 찾아 스크롤을 내렸다. 한참을 내려야 찾을 수 있는 시간에 아팠다. 그리고는 없어져 버린 게시글에 더 아팠다.

여기저기서 오래 흘렀다, 를 보여주고 있었다. 그런데도 착각은 멈출 줄 몰랐다. 홀로 그때를 살고 있으면서 나뿐만이 아니라 누군가도 그때를 살고 있을 거로 생각했다.

문득, 지난 시간 나의 SNS 공간은 어떤 모습이었을까? 가벼운 터치 한 번에 지난 시간을 삭제하거나 보관하기 쉬워진 세상에서 내가 지웠던 건 뭐였을까?

마지막 인사

할아버지를 교통사고로 갑자기 잃었을 때 할 수 있는 건 아무것도 없었다. 중환자실이라는 의미가 뭔지도 몰랐던 초등학교 4학년 때였다. '아빠 힘내세요'라는 노래를 '할아버지 힘내세요'로 바꿔 부르면 할아버지가 벌떡 일어날 거로 생각했다. 할아버지는 늘 강했기 때문에. 분명 그럴 거로 생각했다. 충격받을 거라며 말렸던 할머니의 손을 뿌리치고 한 손에 할아버지가 좋아하는 귤을 들고 중환자실로 들어갔다.

'스르륵' 자동문이 열리고 고요함만 감도는 병실 속에 할아버지가 보였다. 가까이 갈수록 목에 걸려있던 이상한 줄이 선명해졌다. 그때부터 겁이 났다. 마침내 할아버지 옆에 갔을 때는 아무 말도 하지 못했다. 준비했던 '할아버지 힘내세요' 노래마저 부르지 못했다. 목에 걸려있던 이상한 줄과 느리게 끔뻑이던 할아버지의 눈을 번갈아 보기만 했다.

"아파?"
"(아파)"

할아버지가 아프다고 했다. 그 강한 사람이. 할아버지는 아프다는 입 모양만 보이고는 내게서 고개를 돌렸다. 할아버지는 웃지 않았다. 더는 눈을 마주치기를 꺼리던 모습에 중환자실을 나왔다. 기억하는 할아버지의 마지막 모습이었다.

중환자실의 자동문이 열리고 엄마는 웃으며 반겼지만, 곧장 엄마 품에 안겨 울었다.

"할아버지 목소리가 안 나와. 할아버지가 나를 안 봐."

손에 들려있던 귤 봉지 소리가 묻힐 정도로 한참을 울었다.

18년이 흘렀다. 나를 보던 사람이 시선을 돌리는 경우를 경험하고, 그에게서 시선을 돌리는 경우도 경험하면서 조금씩 알게 되었다. 우느라, 어쩌면 어려서 이해하지 못했던 그 날 엄마의 말이 생각났다.

"안 보시는 게 아니라 못 보시는 거야. 고개를 돌려야 하는 일이 얼마나 힘든 건지, 우리 딸도 아는 날이 올 거야."

다행이다
싶으면서도

친구와 함께 카페에서 수다를 떨고 있었다. 그때 그녀의 전화가 걸려왔다. 수화기 너머로는 아무 소리도 들리지 않았다. 세~한 느낌. 그녀는 근 한 달 동안 남자친구와 잦은 싸움과 화해를 반복하고 있었다. 그녀가 이별했음을 직감했다.

"……"
"어디야?"
"……"
"갈게. 어디야"

그녀가 있는 곳으로 발걸음을 옮겼다. 투명한 창문 틈으로 초점을 잃은 채 앉아있는 그녀가 보였다. 인기척을 느꼈는지 우리를 보자마자 눈물을 터트렸다. 실컷 욕이라도 하든, 보고 싶어 죽겠다고 속마음을 드러내든, 뭐라도 했으면 했지만, 그녀는 고개를 숙이고 눈물을 닦아내기 바빴다.

“그만 닦아. 계속 흐르잖아”

그녀의 얼굴은 마를 새가 없었다. 계속 흐르는 눈물. 그걸 지켜만 봐야 했던 나. “그만 울어”라는 말 대신, “그만 닦아”라는 말을 건넸다. 그만 울라고 한들 멈출 감정이 아님을 알았다. 어차피 흐를 눈물이면 충분히 흘려서 그에 대한 마음과 함께 보냈으면 하는 마음이었다. 그녀가 괜찮아질 때까지 가만히 기다렸다. 그녀 따라 코끝이 찡하기도 했고, 분노가 차오르기도 했고, 눈물이 아깝기도 했다.

그러다 ‘푸흡’. 웃음이 났다. 내 실소 한 번에 1시간가량의 눈물 파티가 끝났다. 그녀가 입을 열었다.

“왜 웃냐. 웃기냐?”

"그냥… 너도 나 때 이런 감정이었나 싶어서."

그때였다.

"무슨 소리야. 너는 더 했어."

다른 친구의 말에 그녀가 웃었다. 그녀 따라 나도 웃었다. 여자 셋이서 정신 나간 사람들처럼 웃었다.

그러고 보니 그때 내 이별이 가장 힘든 거였고, 그때 내 이별이 가장 아픈 거였으며, 오랜 시간 어둠의 그림자에서 헤어 나오지 못했다. 대화는 어느덧 그때, 나의 이별 이야기로 흘렀다. 상상이나 했을까. 그때가 웃음이 되어버리는 지금을. 깊은 상처로 남을 거라 여겼던 순간들이 어느덧 누군가를 위로하고 있었다. 다행이다 싶으면서도 한편으로는 씁쓸했다. 이렇게 가벼워질 것을 왜 그리 앓았는지 싶어지면서. 어차피 흐릿해질 얼굴을 왜 그렇게 그리워했는지 싶어지면서. 시간이 흐르면 떠날 것들은 떠나고, 남겨질 것들은 남겨지는 세상 이치에서, 무조건 옆을 떠나지 않을 건 나 자신밖에 없는데, 왜 그렇게 스스로를 사랑해주지 못했을까 싶어지면서.

오죽했으면

'오죽하다'라는 말이 있다. '정도가 매우 심하거나 대단하다'라는 의미를 지닌 말은, 누군가를 변호할 때 쓰였다.

"오죽 힘들었으면 그랬겠어"
"오죽 괴로웠으면 그랬겠니"
"오죽 졸리면 못 일어났겠니"

모든 상황 앞에 '오죽'을 붙여서 이해만을 가지고 사는 삶이 되면, 마음에 여유가 생길 수 있을까? 그런데 가끔. 아주 가끔. '오죽'이 향하는 줏대가 흔들렸다. 누군가에게는 '오죽'이라는 말을 핑계 삼아 모든 걸 이해하려고 드는데, 또 다른 누군가에게는 '오죽'이라는 말을 붙이는 것이 이해되지 않을 때가 있다.

"힘들다"
"피곤하다"

그가 자주 했던 말이다. 나를 향해 외친 말이 아니었는데, 그 말이 그렇게 싫었다. 오죽했으면 예고 없이 걸려오는 전화를 좋아했을까? 오죽했으면 아무 말 없던 그의 공기와 침묵을 더 원했을까?

'그래. 오죽했으면 그가 그랬을까?' 그때는 이런 이해가 왜 그렇게 어려웠을까?

산타
아버지

크리스마스라 그런지 거리에는 사람들이 많았다. 한파가 기승을 부려 모두 추위를 피하느라 바빴다. 주머니에 손을 넣거나 손난로를 움켜쥐거나, 사랑하는 이의 손을 잡는다거나, 팔짱을 끼는 등의 모습, 나 역시 주머니에 손을 넣고 걷던 중이었다.

그때 반대 방향으로 한 아저씨와 꼬마 남자아이가 걸어갔다. 어른과 아이가 함께 걷는 모습을 보면 발걸음이 느려지는 버릇이 있었다. 한 폭의 그림 같아서.

"아빠 나 다리 아파."

아빠와 아들인가보다. 아들의 말에 아빠는 곧장 아들을 등에 업었다. 그 모습을 보고 주머니에서 손을 뺐다. 춥기도 했고 수족냉증도 있는 터라 절대 주머니에서 손을 빼지 않았는데 말이다. 그들이 스치고 지나간 뒤, 돌아서 그 모습을 담았다. 한 가지 생각을 하면서. '나도 아빠 등의 감촉을 기억하는데' 또 잊고 살고 있었다. 영원한 산타를. 줄곧 잊어버리다 이럴 때나 생각하고, 또 줄곧 잊어버리다 이럴 때나 반성하고.

왜 그렇게
마음에 걸렸을까

출근길 버스에 앉아 '비 내리는 날 들으면 좋은 노래'를 검색했다. 추천 노래에 'Creep'이 떴다. 라디오 헤드의 노래다. 팝송이라 무슨 가사인지 모르고 듣다가 영어공부나 해보자고 해석에 들어갔다.
'But I'm a creep. I'm a weirdo.'

회사에 도착 후, 허전한 느낌에 주변을 살폈다. 우산이 없다. 조금 전까지만 해도 함께 있던 노란색 땡땡이 우산이 없다. 출근 전에 들렸던 카페에 두고 온 건 아닐까 싶었다. '퇴근할 때 가져가야지'라는 생각으로 아무렇지 않게 일했다. 어차피 다시 찾을 것이라는 생각에 안심했다. 퇴근 후 카페에 들렀더니 분실물이 없다고 했다. 재차 확인했지만 돌아오는 대답은 같았다.

'누가 가져갔나?' '다른 곳에 흘렀나?'

여러 생각이 머리를 맴돌았지만, 결론은 같았다. 비 오는 날 우산을 잃어버렸다. 그동안 잃어버린 것들은 새로 사면 된다고 살았는데, 우산은 왜 그렇게 마음에 걸렸을까. 잃어버리지 않아도 되는, 겨울날 끼고 다녔던 그의 팔짱이 생각나서 그런 것일까?

몇 걸음 걷다 문득 생각난 가사.
'I'm a creep. I'm a weirdo.'

아쉬운 건
늘 아프다

퇴근길, 선배로부터 도착한 메시지 하나.

'너랑 갈 곳이 많아! 이번 일 끝나면 너 바빠지고 그럼 또 자주 못 보고…. 뼛속 깊이 추억을 남기자.'

주책이다. 눈물이 났다. 프리랜서 직업의 특징을 하나 꼽자면, 잦은 만남과 잦은 이별이다. 시간이 지나 각자 다른 자리를 찾게 되면, 함께 할 시간이 줄어들 것을 선배는 누구보다 잘 알았다.

지난 사진과 영상을 꺼내 봤다. 추억이 있었다. 전체공개가 가능한 것과 나만 보기만 가능한 것, 여전히 존재하는 시간과 잃어버린 시간, 두 가지의 차이가 있다면 아쉬운 것과 좀 더 아쉬운 것이었다. 그러나 아쉬운 건 둘 다 똑같다. 지난 것들은 늘 아쉽다.

언제 그랬냐는 듯 선배 말처럼 각자의 자리에서 또 다른 만남과 시작을 할 것이다. 또 다른 시간을 보낼 것이다. 그 말은 지금 추억이 되는 것을 인정하는 것이다. 지금처럼 추억이 되는 것을 종종 꺼내 보는 것으로 만족하며 산다는 것이다.

추억은 이별이고, 이별은 늘 아쉽고, 아쉬운 건 늘 아프다.

날 것이
최고야

"언니, 무슨 음식 좋아해요?"
"날 것. 너는?"
"약간 매콤한 음식이요."
"아직 어리군. 시간 지나면 날로 먹는 게 얼마나 맛있는지 알게 될 거야."

선배를 처음 만났던 날 대화, 그녀는 인생에 대해 자주 얘기했다. 모두 다른 얘기 같지만 모아보면 하나였다. '쉽게 사는 게 최고야.' 그녀는 이별 때도 같았다. 나와 같은 시기에 이별했는데, 전혀 다른 모습을 보였다. 그녀는 가벼웠다. 단순했다. 종이접기보다 쉽게 마음을 접는 그녀가 부러웠다. 그녀의 이별 대처를 볼수록 아파하는 내 모습이 민망했다. 부끄러웠다. 그래서 그랬나. 그녀 앞에서는 어느 때보다 많이 웃었고 많이 말했고 많이 뛰었다. 괜찮은 척이었다. 그런 날들이 이어지던 중에 그녀가 말했다.

"날것 먹으러 가자!"

그녀가 데리고 간 곳은 처음 만났던 횟집이었다.

"역시 날 것이야."
"언니 날 것 진짜 좋아하네요?"
"응. 인생도 날로 먹고 싶은데 점점 어려워지네. 날 것들이 자꾸 사라져. 그니까 날 것을 즐길 수 있을 때 즐겨. 나중 되면 그게 그렇게 아쉽거든."

그녀가 말했던 날 것을 즐기라는 의미를 이제야 알 것 같다. 날 것이 사라져가는 아쉬움, 눈물도 나지 않고 감정도 무뎌진 것, 이별의 날 것.

때가 되어보니 알겠다. 이것조차 아쉽다.

04_

현재라는 고마움

포근한 것을 포근하다 느낄 수 있는 지금이 좋다.
오늘도 여러 번 미소를 지은 듯한데
저 멀리서 손을 흔들던
누군가의 모습이 보여서였을까.

기대되는 삶

"작가님 오늘 컨셉 귀여운데요? 그리고 싶다."

모임으로 매주 만나는 일러스트 작가에게 들은 얘기였다. 그는 그 말을 끝으로 신상 아이패드를 꺼내 들고 그림을 그리기 시작했다. 펜이 닿을 때마다 그림 속 모습은 점점 또렷해졌다. 그가 그리는 콘셉트는 롱패딩을 입고, 그 안에 얼굴의 반을 파묻고 눈만 끔뻑거리는 사람 정도, 겨울이 오면 자주 볼 수 있는 내 모습 중 하나였다.

완성되어가는 그림을 보며 우습지만, 또 누군가를 생각했다.

어느 겨울, 그는 홍대거리를 걷다 말고 갑자기 '멍청해 보인다.'는 표현을 건넸다. 당시 그 사람이 말했던 모습은 바로 그림 속 모습과 같았다. 침묵을 이겨보겠다고 건넨 우스꽝스러운 장난임을 알았지만, 이후 그 사람 앞에서는 절대 그 모습을 하지 않았다. 오히려 고개를 더욱더 높게 들고 걸었다. 그때는 지금보다도 추웠지만, 추위 따위는 중요하지 않았다. 예뻐 보이는 게 우선이었다.

겨울을 보내고, 봄도 보내면서, 그 사람과의 만남도 결국 끝이 났다. 그리고 다시 찾아온 겨울부터는 패딩 속에 얼굴을 힘껏 파묻고 다녔다. 추위만을 중요하게 생각해도 됐다.

그런 날들이 이어지는 도중, 그 모습을 다르게 해석하는 사람을 만난 것이다. 어떤 이미지를 기대하지 않고 있는 그대로를 기분 좋게 생각해주는 사람을 만난 것이다.

어떤 관점에서 사람을 보느냐에 따라 다른 결과가 나왔다. 어떤 언어로 표현을 건네느냐에 따라 다른 기억을 남겼다. 관점이나 언어가 타인에게 주는 영향력, 그 힘을 깨달은 하루였다. 깨닫는 것이 많아서 재밌는 삶이다. 깨달아갈 것들이 많아서 기대되는 삶이다.

따뜻한 겨울날 추억 하나 추가.

술버릇

퇴근 후, 선배와 함께 연트럴파크°를 찾았다. 핫플레이스인 만큼 역시나 사람들이 많았다.

돗자리를 깔고 앉아있는 사람, 소음 금지 포스터 앞에서 당당하게 디제잉을 하는 사람, 자기 몸집만 한 강아지를 끌고 산책을 나온 사람까지. 저마다 선선한 날씨를 만끽하며 행복에 취해있었다. 그 사람들 속에서 우리도 주인공처럼 당당한 걸음걸이를 내비쳤다.

"어느 맥줏집으로 갈까?"

더 걸어도 좋은 날씨였지만, 우리는 가까운 스몰비어 집으로 향했다. 배는 불렀지만, 맥주가 고팠다. 선배와 나란히 앉고는 425mL의 생맥주 두 잔과 치즈스틱을 주문했다. 맥주 몇 모금이 들어가자 비집고 들어갈 틈이 없다고 생각했던 마음이 열리며, 각자의 이야기를 풀어갔다. 이야기가

° 서울 연남동에 있는 기찻길을 리모델링한 작은 공원.

길어질수록 웃음소리도 함께 커졌다.

"이제 좀 웃네. 울보 어디 갔어?"
"에이! 원래 잘 웃어요!"

선배의 한마디에 머쓱해서 늘어놓은 뻔한 대답, 말해놓고도 목이 탔다. 죄 없는 맥주를 연신 들이켰다.

연트럴파크는 반갑지 않은 공간이었다. 추웠던 봄날의 기억이 떠오르는 곳이었다. 다른 사람들은 각자 주인공이 되어 행복해 보였던 날에 혼자 추워했던 기억, 그를 기다리느라 구경꾼만 됐던 기억과 그런데도 매일 그가 생각났던 날들이었다. 외롭지 않으려 마신 술에도 그의 생각으로 가득 차 눈물만 흘렸던 몇 년이 지나서야 오늘이 왔다.

잠시 머쓱했던 시간이 흐르고 나니 괜스레 뿌듯해졌다.

'드디어 돌아오는구나!' 싶어져서. 한 잔을 마시든 스무 잔을 마시든 결국은 웃는 것으로 끝났던 원래 술버릇이 떠오르면서.

제주도에서
만난 인연

제주로 여행을 간 적이 있다. 제주에 도착하자마자 바다로 달려갔었다. 파란 구름이 가득한 하늘이 있었고, 파란 물결이 출렁이는 바다가 나를 반겼다. '잘 왔다.' '잘 왔다.' 그렇게 말해주는 것 같았다.

한참을 바다만 바라보다가, 예쁜 카페에 들려 손글씨를 조금 끄적이다가, 그를 조금 생각하다가 숙소로 향했다. 낯을 많이 가리는 성격을 극복해보자는 의지로 잡은 숙소는 게스트 하우스였다. 국적, 성별, 나이를 모르는 사람들끼리 만나서 이야기를 나누면 성격이 조금 둥글어지지 않을까 싶었던 마음이었지만, 사람 성격은 쉽게 바뀌지 않는 법이었다. 극복하려고 간 자리는 어색함만이 가득했다.

"이름이 뭐예요?"

눈치를 보던 내게 낯선 여자가 말을 건넸다. 사투리가 몹

시 매력적이었던 여자, 그때 그녀의 목소리와 몸짓을 기억한다. 그녀는 처음 만난 사람 같지 않았다. 나뿐만이 아니라 게스트하우스에 있던 모든 사람에게 먼저 다가가 말을 건네고, 안부를 묻던 사람이었다. 그녀의 친화력에 게스트하우스는 웃음소리로 가득할 수 있었다.

1박 2일의 시간이 지나고 다시 일상생활로 돌아왔다. 제주가 꿈이었다면 서울은 현실이었다. 가득 쌓인 일에 연신 '바다를 보고 싶다.'고 내뱉던 때에 반가운 메시지 하나가 왔다. 제주도에서 만났던 그녀였다. 잠시 그때로 돌아가 신나는 마음에 메시지를 주고받았다. 얼마나 지났을까? 마무리 인사가 오고 갈 즘 그녀가 내게 한마디를 건넸다.

"우리, 각자 인연에만 신경 쓰고 살자. 그리 살기도 쉽지 않은 인생인데. 그냥 좀 그립고 보고 싶었어. 그냥 순수하게 옆자리에 앉았던 네가 그냥 그립고 생각나는 밤이었어."

생각지도 못한 사람에게, 사람이 그리웠던 타이밍에, 쉽게 꺼내기 어려워진 '보고 싶다', '그리웠다'는 말을 듣고 가슴 한편을 쓸어내리고 있던 행동은 그럴싸했다. 문득, 나만이 꺼내 볼 만한 좋은 기억이라 생각했던 것이 상대에게도 똑같이 기억되고 있음을 알았던 날이었다.

가을이니까
괜찮다

가을이 왔다. 차에서 내려 고개를 드니 붉은 색색의 낙엽들이 보였다. 그것들을 보자 언젠가 아침 라디오에서 DJ가 했던 말이 생각났다.

"가을이 사람을 이상하게 만들기는 하죠. 하지만 이 계절은 괜찮습니다."

어디선가 '위로를 받는 건, 삶 곳곳에 숨어있다'는 말을 들은 적이 있다. 처음 들을 때만 해도 이해가 되지 않았던 그 말은, 조금씩 와 닿기 시작했다. 정말 삶 곳곳에 위로들이 숨어있었다. 곳곳에 숨어있는 위로의 존재 중 하나는, 새로운 감정을 담게 해준 '가을'에도 있었다. 그의 생각이 가득 차 있어, 단어만 들어도 힘들었던 계절에 이윽고 마음속 안방을 내주었다.

아주 좋았다. 낙엽의 색이 붉어지는 순간도 좋았고, 흔들리던 잎새도 좋았고, 푸르렀던 하늘도 좋았고, 어떤 향수 내음보다 짙었던 향기도 좋았다. 뭐 하나 빠질 것 없이 완벽했다. 잘 극복해내고 있구나, 그런 생각이 들었다.

아픈 것이 담겨있는 단어를 접하면 영원히 아플 거로 생각했던 건 착각이었다. 마음의 흉터까지 없어졌다는 얘기는 아니지만, '그런 기억쯤이야 살면서 한 번이면 충분하다'고 주문처럼 외우고 다녔던 일이 이뤄지고 있음에 감사했다. 이 모든 변화가 DJ의 달콤한 목소리 덕분이었을까? 아니면 나만 모르고 지나쳤던 가을이 원래 이랬던 걸까? 무엇이든 어때, 가을이니까 괜찮다.

현재라는 이름이 주는 고마움

일하는 중간, 휴식 시간이 찾아왔다. 무엇으로 채울까 고민하던 중에 종이컵이 눈에 띄었다. 그것을 집어다가 '글씨 쓰기' 취미생활을 시작했다. 그때였다.

"어?"
"왜요?"
"작가님, 글씨 왜 이렇게 잘 써요?"

일하다 만난 사람, 그가 갑자기 종이컵을 보더니 말을 건넸다. 그는 휴대폰을 꺼내 들어 종이컵을 찍고 '예쁘다'는 말을 연신 내뱉었다. 나중에는 종이컵을 본인 가방에 챙겨서 나갔다.

어리둥절, 그의 행동에 대한 내 반응이었다. 취미생활이 누군가에게 저런 반응을 주리라 생각해본 적이 없었다. 애꿎은 손톱 부딪히기만 반복하다 이내 웃었다.

많은 사람 앞에서 여러 번 취미생활을 해왔던 것 같은데, 처음 겪는 반응이었다. 아니다. 어쩌면 여태 그들의 모습을 눈치채지 못했을 수도 있다. 갇혀있는 시선과 닫혀있는 마음이 주는 현상에서 자주 시각을 잃었을 수도.

아무쪼록 고마웠다. 그의 한마디와 행동이 모든 시간을 빛내줬다. 퇴근길, 동네 문방구에 들러 다양한 펜을 집었다. 언젠가 찾아올 또 다른 고마움을 위해서.

더 많은 추억이 남겠구나 싶어서

지난 시간, 이라고 떠올렸을 때 모든 것이, '그'와의 추억뿐이었다. 그것을 몇 단계의 감정으로 나눠보고 나니, 안 보이던 시간이 보이기 시작했다. 지난 시간에는 '그'만 있는 것이 아니었다.

"메일 정리 해야겠어! 세상에…. 안 읽은 메일만 100개가 넘어!"

언젠가 선배가 했던 말이 떠올라 내 메일함을 열어보니, 만만치 않았다. 업무를 마치고 아무도 없는 사무실에 앉아 메일 정리에 나섰다. 최신순으로 하나씩 훑어보기 시작했다. 보관할 것들은 보관하고 삭제할 것들은 삭제하면서. 광고, 카드사, 통신사, 거래처 관련 메일들을 정리해가다 보니, 어느새 과거 여행을 하고 있었다. 과거로 돌아갈수록 반가움에 미소가 짙어졌다.

초등학교 5학년 담임선생님으로부터 받은 답장 메일에서 멈췄다.

"안녕! 잘 지내고 있니? 편지 고맙게 잘 받았어. 2004년이 드디어 왔구나. 너는 이제 열세 살이 되었고. 작년 한 해는 참 재미있었지? 네 덕에 선생님은 학교 오는 게 편하고 즐거웠단다. 고마워.
새해 첫날은 아니었지만, 선생님은 동해 일출을 보았단다. 어릴 적 자주 갔던 바다였지만, 갈 때마다 가슴 뭉클하고 벅차오르지. 바다 위에 떠오르는 해. 아이들은 해를 닮았단다. 해처럼 밝고 순수하지. 우리 경민이도 매일 매일 새롭게 떠 오르는 해처럼, 언제나 마음 새롭게 하고, 자신을 밝고 깨끗하게 가꾸어나가길 바랄게. 항상 건강하길 빌어.

2004년 일곱 번째 날에 염경숙 선생님이"

10년이 넘은 메일. 그러나 여전히 그곳에 남아있는 선생님의 애정, 그것을 보는 내내 눈시울이 붉어졌다.

저 때랑 다를 바 없이 매일 일기를 쓰지만, 시간이 지날수록 누군가에게 선뜻 보여주기 어려운 일상이 담겨갔다. 또한 누구도 일기장에 빨간색 펜을 들고 오타를 체크해주거나, '수고했구나', '참 잘했구나', '괜찮아'와 같은 멘트를 써주지도 않았다. 실패가 두려워지고 겁이 많아지고, 혼자라는 생각이 자주 드는, 매일 낯선 어른이 되어갔다.

그런데 꽤 괜찮았다. 돌아봤을 때 이따금 고마운 것들이 있어 줘서. 나중에 오늘을 돌아봐도 고마운 것들이 있겠구나, 싶어서. 선생님의 말씀처럼 매일 매일 새롭게 떠오르는 해가 있듯, 밝고 깨끗하게 가꾸어나가면 더 많은 건강한 추억들이 남겠구나, 싶어서.

술맛을 안다고
사랑을 안다고

우울한 날이면 손에는 늘 자몽 맛이 나는 소주 혹은 네 캔에 만 원짜리 수입 맥주가 들려 있다. 작지만 큰 위로가 되는 그것들이 항상 감사하다. 그러나 엄마는 그 모습이 못마땅한지 그럴 때마다 물었다.

"너 술맛은 알고 마시니?"

잊은 줄 알았던 그가 생각날 때 조용히 울었다. 할 수 있는 것이라고는 앉아서 눈물을 훔치는 게 전부였다. 들키지 않으려 혼자 숨죽였지만, 엄마는 어떻게 아는지 그럴 때마다 또 물었다.

"너 사랑은 뭔지 알고 우니?"

더 많은 날을 살았고, 더 많은 사람을 만났고, 더 많은 감정을 알고, 더 많은 일기를 써온, 30년 세월을 앞서가는 인생 선배로부터, 그런 얘기를 들을 때마다 민망하면서도 슬펐다. 엄마의 눈에는 그저 떼쓰는 아이의 모습으로 보인다는 걸 모르지 않는다. 그런데도 내 모습이 부정당하는 것만 같아 슬펐다. 더 슬픈 건 엄마의 말에 받아칠 말이 생각나지 않는다는 것이었다.

이런 시시콜콜한 고민을 꺼내자 선배는 말했다.

"난 너의 행동을 응원해. 너만이 할 수 있는 지금의 사랑을 존경해. 지금의 감정들은 너만 느낄 수 있는 거야. 시간이 지나면 잊히는 것들이야. 매 순간 최선을 다하라는 건 이럴 때 써먹으라고 있는 말이야. 기쁘면 기쁜 대로 슬프면 슬픈 대로 너대로 표현해."

선배의 얘기를 꼬깃꼬깃 접어서 마음에 담았다. 기분이 좋았다. 드디어 엄마에게 반박할 말이 생겼다. 술맛을 안다고. 사랑이 뭔지도 안다고.

“지금 마시는 술의 맛은 달콤하고, 때로는 쓰고, 어느 날은 싱거웠다. 지금 경험하는 사랑 역시 달콤하고, 때로는 쓰고, 어느 날은 어려웠다.”

오늘 마음
맑음

잘 지내다가도 마음이 엉키는 날은 깜깜한 마음이 들었다. 좋아하는 맥줏집 하나도 모른 척 지나가야만 하는 슬픈 현실이 펼쳐질 때, 하늘을 보고 싶지만, 사무실 안에 창문이 없다는 사실을 깨달아야 할 때, 일이 잘 안 풀릴 때가 그렇다.

그런 와중에도 종종 미소짓게 하는 일들 몇 가지가 있었다. 출입증 하나로 무려 560원이나 할인되는 아침 식사, 아이스 바닐라라테, 구내식당 메뉴 중 가장 좋아하는 음식인 돼지고기볶음이 나오는 날이라던가. 일을 제외하고는 울릴 일이 거의 없는, 휴대폰에 나를 찾는 전화가 울린다던가. '생각이 나서'라는 전제하에 받아보는 예쁜 풍경의 사진들이 그랬다.

"피곤하죠. 하늘이 너무 예쁜데…. 생각나서 보내요. 파이팅."

하늘이 무척 푸르렀던 가을날, 좀처럼 풀리지 않는 일에 몸은 고단했던 날에 메시지와 함께 사진 하나가 도착했다. 동료가 출장 나갔다가 찍어서 보내준 하늘 사진, 기가 막힌 타이밍이었다.

하늘이 예쁘다며, 달이 예쁘다며, 야경이 예쁘다며, 건물이 예쁘다며, 책 구절이 아름답다며 보내주는 사진들은 배우와 아이돌 사진으로 도배되어있는 사진첩을 풍족하게 채워주고는 했다. 그럴 때마다 마음 부자가 되었다.

필요한 타이밍에 나타난다는 것이 결코 쉬운 일이 아닌데, 그걸 해내는 사람들이 있다는 것에 대해 '참 살만하구나' 싶은 날들, 아주 완벽히 다행인 날들에 심지어 '생각이 나서'라는 이유가 환희로 이끌었다.

떠올릴 수 있는 누군가가 있다는 것도 행복이고, 누군가로부터 떠올려질 수 있는 사람이라는 것도 행복이고.

그대들 덕분이다.
오늘 마음 역시 맑음이다.

함부로
꺾이지 말자

겨울이 오려는지 입김이 나기 시작했다. 이런 날에 그냥 집에 갈 수 없다며 선배들을 이끌고 맥줏집으로 향했다. 무심결에 따라온 선배들은 하루가 고단했는지 금방 취했다. 내일도 출근해야 해서 아쉬운 마음을 가다듬고 주변을 정리하기 시작했다. 그때, 작고 붉은 점 하나가 눈에 띄었다. 자세히 다가갔더니 그건 점이 아니라 꽃이었다.

"그것참 예쁘게도 생겼네."

곧장 카디건에 넣어둔 휴대폰을 꺼내 들고 꽃을 찍었다. 언니들은 '또 저런다.'며 나를 놀렸다. 그러나 이미 시작된 버릇은 멈출 줄 몰랐다.

사진을 다 찍고 나자 촘촘하게 박혀있는 가시들이 눈에 띄었다. 그런 생각이 들었다.

'이 꽃의 용사는 이 가시인가 보구나.'

꽃을 함부로 꺾지 말라고 외치는 것 같았다.

빛나는 것들 주변에는 항상 든든한 용사들이 있지 않나. 백설공주에게는 일곱 난쟁이가 있고, 천송이에게는 도민준이 있고, 세일러문에게는 턱시도 가면이 있고, 하울에게는 소피가 있는 것처럼. 문득 나의 용사는 어딨을까, 생각했다.

이런 생각은 마음만 앗아갈 뿐, 살아가는 데 큰 도움이 되지 않았던 것 같다. 나의 용사는 그냥 나다, 와 같은 씩씩한 오기가 오히려 낫겠다는 생각과 함께 이렇게 말해버렸다.

"그러니까 함부로 꺾이지 말자"

위로하는 법
위로받는 법

그런 날이 있지 않나? 유난히 거친 하루, 무언가 쓸려간다는 기분이 들 정도로 고된 그런 하루. 쉽게 풀자면, 사람마다 위험하다 싶을 정도로 견디기 힘든 날이 있지 않나? 이별한 날이거나, 일이 제대로 풀리지 않는 날이거나, 인간관계에 회의감이 드는 날이거나.

그런 날이 있었다. 다른 날보다 많은 상황이 들이닥쳤던 하루, 깜깜한 순간들의 연속, 이제는 메마를 법도 하겠다 싶었는데 울컥한 신호가 찾아들었다.

그런 날에 찾아와 준 뜻밖의 선물 하나가 있었다. 어떤 값비싼 물건도 따라잡을 수 없는, 값어치를 함부로 매길 수 없는 선물이 있다. 갈 길도 멀 텐데 못난 동생 마음 한 번 쓸어준다고 찾아와 준 고마운 선배.

"달달 구리를 먹으면 좋아진대"

그녀는 기다린 시간이 무색하게 잠깐의 대화를 끝으로 품 안에 '달달 구리'를 안겨주고 돌아갔다. 고맙다는 메시지를 보내자 그녀로부터 답이 왔다.

"다행이구만. 찬 바람 몰아쳤으면 따듯함도 있어야지. 달달한 거 먹고 기운 차려. 마음은 쉽게 회복되지 않으니까."

이동수단의 탓으로 돌리지 않아도, 타이밍의 탓으로 돌리지 않아도, 내게 오는 발걸음이 가벼운 사람은 늘 한결같이 찾아와 주었다. 존재 이유에 대해 힘을 얻은 하루, 위로하는 법과 위로받는 법은 어렵지 않음을 깨달은 하루였다. 사랑하는 당신은 그곳에서 팔을 벌려주면 되고, 사랑받는 당신은 가서 안기면 된다는 것을. 존재, 그거면 된다는 것을 깨달은 하루였다.

어떻게
버텼을까

자정에 끝났음에도 생각보다 이른 퇴근 시간이라, 우리는 행복해 어쩔 줄 몰랐다. 일주일 동안 일에 치이고 눈칫밥에 치여, 누구보다 고단했을 후배를 태우고 퇴근길에 오르려는데, 후배로부터 반가운 말을 들었다.

"언니, 우리 뭐 먹고 갈래요?"

내부간선을 타려다 말고 근처 포차에 들렀다. 맥주 한 병과 소주 한 병 그리고 골뱅이무침까지 시켰다. 별거 아니라면 별거 아닌 소소한 행복이었다.

새로운 일을 시작하고 3주 만에 갖게 된 술자리에서 많은 이야기가 오고 갔다. 다양한 이야기들 사이에서 펼쳐진 그날의 핵심 이야기는 1년 차 신입의 고민거리였다.

"언니, 저는 이게 제 첫 일이잖아요. 그러니까 욕심이 나는 거예요."
"잘하고 싶어 죽겠는 그런 거?"
"예! 예 그거요! 근데 왜 이것밖에 못 하죠? 언니들 보면 진짜…. 다 일사천리잖아요. 짜증 날 때가 한두 번이 아니에요. 밤마다 예민해서 잠을 못 자요. 근데 더 싫은 건, 예민한 사람이 된 제가 싫은 거예요. 잘하고 예민하면 모를까…."

막내의 자리라면 원망의 잣대가 타인을 향할 법도 한데, 후배는 누구의 탓도 아닌 미흡한 자신의 탓으로 돌렸다. 후배의 말에 해줄 수 있는 건 하나였다.

"너, 충분히 잘하고 있어. 나는 더 했어."

위로로 들어줬으면 좋겠다는 마음으로 이야기를 건넸다. 정말 나는 더 했다. 처음 일을 시작했을 때는 숨을 쉴 때마다 실수를 연발했다. 중요한 소품을 하나씩 빼놓기도 했었고, 최종 자료가 아닌 수정 중인 자료를 준비하여 꾸중을 밥 먹듯이 듣기도 했었다. 발이 팅팅 붓도록 뛴다고 뛰었고, 자료들을 꼼꼼하게 확인한다고 했음에도, 매번 실수가 있었던 때였다.

마음처럼 안되는 날들 속에서 나는 어떻게 버텼을까? 그때 나는 어떤 후배였을까? 지금은 어떤 후배일까?

표현에
서툰 남자

"좋아해"

그날 선술집의 분위기는 뜨거웠던 건지 차가웠던 건지 모르겠다. 그때 내 마음 역시 뭐였는지 모르겠다. 몇 잔 넘겼던 알코올 덕분이었는지, 아니면 뜻하지 않았던 그의 고백 때문이었는지 볼은 발그레해졌다. 그날 선명했던 건, 눈을 제대로 쳐다보지 못했던, 그의 눈빛 하나였다. 꽤 귀여웠다. 그 모습이. 그와 눈을 마주칠 때마다 그런 느낌이 들었다.

'내가 예쁜가 보구나….'

매번 '못생겨서 어떡하냐'고 심기를 건드렸지만, '예뻐 죽겠다'는 그만의 시선이 있었다. 그게 보여서 그의 말을 '표현이 어려운 한 사내의 귀여운 장난' 정도로 받아들일 수 있었다. 그의 시선에서 난 언제나 예쁜 사람이었다. 언제나 예쁜 사람이 될 수 있었다. 사랑받고 있구나, 라는 생각까지 들었다.

"말을 안 하면 어떻게 알아!"

처음으로 사랑했던 사람에게 소리쳤던 순간이 생각났다. 지난 사람 역시 표현할 줄 몰랐던 사내였고, 그게 지독하게도 야속했다. 이제는 안다. 표현의 문제가 아니라 마음의 문제였음을 이제는 안다. 어쩌면 '표현할 줄 몰랐던 사람'으로 생각하고 싶었는지도 모르겠다. 시선의 차이, 그것이 이렇게나 다른 결과를 가져왔다.

"뭐해?"
"어? 그냥 밥 먹을 준비?"

주꾸미와 삼겹살이 익어가는 음식점, 여전히 표현에 미숙

한 그가 잠시 생각에 잠겨있던 나를 불렀다. 어리숙한 모습으로 마음을 전했던 선술집 옆에 자리한 음식점에서, 그가 보내는 눈빛을 받으며, 여전히 우리는 함께 있다.

"여보, 연애할 때 한 약속을 지키는 데 34년 걸렸네. 너무 늦었다. 미안해. 당신만 허락한다면 다음 생에 당신하고 다시 살아보고 싶네. 꼭 약속 지킬게."

- 배우 천호진, 수상소감 中

'사랑한다.' 그 말을 길게 풀면 저런 문장이 나오게 되는 걸까? 그는 무덤덤한 목소리와 표정으로 아내를 향한 소감을 남겼다. 얼마나 울컥하던지. 그 감정이 몇 번의 계절이 지나가는 이 날에도 여전히 생각났다.

수상한 이들의 소감을 듣다 보면 간혹 인생 명언을 들을 때가 있다. 시상식을 좋아하는 이유다. 가만히 듣고 있으면 마음이 따듯해졌다. 그것은 아마 진심에서 오는 마음이 전달되기 때문이겠지.

언젠가의 연말이 떠올랐다. 그날은 시상식에서 현장 작가 일을 하고 있을 때였다. 새해가 밝기 직전, 모두가 두근거리는 마음으로 카운트다운을 준비하고 있었다. 나 역시 휴대폰을 열고 12시에 맞춰 메시지 전송을 준비했다. 그에게 가장 먼저 메시지를 보내고 싶다는 이유였다.

'지난해 함께 해서 고마웠어. 새해에도 함께 합시다.'

그에게 보냈던 메시지의 일부. 흔한 새해 메시지이자 수상 소감과 같았다. 그해에 그를 만난 것만으로도 대상 탄 기분이었으니 오죽했을까.

그때처럼 연말이 찾아왔다. 카운트다운이 펼쳐지기 몇 분 전, 불쑥 찾아든 하나의 기억 때문에 다시금 휴대폰을 연다. 그에게 전송할 메시지를 준비했다.

'여전히 함께 해줘서 고마워. 새해에도 함께 합시다.
사랑해요.'

나는 아무래도
당신이 좋다

일주일 만에 찾은 그의 집에는 못 보던 물건이 있었다. 시선을 사로잡는 분홍색 샤워볼과 내가 좋아하는 향의 거품 핸드워시. 물어보지 않았다. 그가 장보다 장바구니에 넣어 둔 거구나, 그냥 그 정도 생각만 했다.

소파 아래에 앉아 샤워볼과 핸드워시를 샀을 때, 함께 사 왔을 체리를 안주 삼아, 그가 샤워하는 동안 맥주 한 캔을 땄다.

"너를 위해서 핸드워시 사다 놨어. 한 번도 안 썼어."
"응. 잘했어."

샤워하고 나온 그가 나오자마자 자랑하듯 말을 건넸다. 아무도 침범할 수 없는 그의 공간에 내가 자리하고 있었다. 누군가의 공간에 내가 자리할 수 있다는 기분, 표현할 단어가 없는 기분, 가장 가까운 단어라면 '고맙다'일까.

“맥주”

고맙다는 말을 하지 못하고 그에게 남은 맥주를 건네며 고마움을 대신 전했다. 그리고 그를 바라보다 말고 확신이 들었다.

‘나는 아무래도 당신이 좋다.’

이제는 맞지 않는 구두

펴낸날	초판1쇄 인쇄 2019년 03월 14일
	초판1쇄 발행 2019년 04월 01일
지은이	경경민
펴낸이	최병윤
펴낸곳	알비
출판등록	2013년 7월 24일 제315-2013-000042호
주소	서울시 강서구 화곡로58길 51, 301호
전화	02-334-4045
팩스	02-334-4046
종이	일문지업
인쇄	수이북스

ISBN 979-11-86173-57-2 03810
가격 13,000원

이 도서의 국립중앙도서관 출판예정도서목록(CIP)은 서지정보유통지원시스템 홈페이지(http://seoji.nl.go.kr)와 국가자료종합목록 시스템(http://www.nl.go.kr/kolisnet)에서 이용하실 수 있습니다.
(CIP제어번호 : CIP2019008564)

· 잘못 만들어진 책은 구입하신 서점에서 바꾸어 드립니다.
· 알비는 리얼북스의 문학, 에세이, 대중예술 브랜드입니다.
· 독자 여러분의 소중한 원고를 기다립니다(rbbooks@naver.com).